SOUVENIRS ET SIMPLES HISTOIRES

SOUVENIRS

ET

SIMPLES HISTOIRES.

---

*Devoirs caractéristiques de l'homme :
bâtir une maison, planter un arbre,
écrire un livre.*

STERNE.

VALENCIENNES.

Imprimerie de A. Prignet, rue de Mons, N° 9.

1842.

AVANT-PROPOS.

Ces pages ont été écrites de souvenir et d'imagination dans des momens de repos, mais de verve et de chaleur, où l'âme aime si volontiers à s'épancher et à sortir du cercle étroit et mesquin des habitudes de la vie ordinaire. Elles ont déjà paru comme feuilletons dans un journal.

Dans les tems, où nous vivons, où l'humilité et l'abnégation de soi-même ne sont pas *de mise*, où chacun s'évertue et s'ingénie à faire percer et valoir *son petit mérite*, pourrait-on sérieusement me blâmer et m'en vouloir d'avoir songé à réunir *ces bluettes* en un petit recueil, et de le publier.

Mais, si c'est un devoir que j'aie voulu remplir, plutôt qu'un désir d'amour-propre que je cherche à satisfaire ?

Sterne n'a-t-il pas dit que les devoirs caractéristiques de l'homme sont de bâtir une maison, planter un arbre, écrire un livre?

Chacun écrit son livre suivant sa capacité. Voici le mien.... De grâce, ne repoussez pas les petits ni les faibles!....

Si l'on veut bien ne pas me juger avec trop de sévérité, si un sourire d'encouragement m'arrive, je serai trop heureux et trop payé.

C'est à vous, *mes chers compatriotes d'adoption*, que je fais hommage de ces premiers essais. Puissiez-vous ne pas éprouver à les lire, — si tant est que vous les lisiez, — plus d'ennui que je n'en ai eu à les écrire!

F. L. Barbedienne.

Valenciennes, août 1841.

Un Drame dans un Bonnet de coton.

Le bonnet de coton est essentiellement l'ami de l'homme !
Quoi de plus tendre, en effet, de plus chaud, de plus intime
et de plus dévoué qu'un bonnet de coton ? Si, tourmenté par
un rêve d'amour ou par un cauchemar terrible, vous vous
êtes agité en tous sens sur votre couche brûlante, vous re-
trouvez toujours au réveil cet ami fidèle ; il est inhérent à
votre tête, il ne vous a pas lâchement abandonné dans votre
délire, et il vous a préservé d'un rhume, d'une fluxion de
poitrine, de la mort peut-être. Pourrait-on en dire autant
de toute autre coiffure de nuit ? du foulard, par exemple !

au moindre mouvement, bon soir ! plus personne, le lâche s'est enfui, et vous vous réveillez le lendemain avec le torticolis. Il y a cependant des gens qui méprisent souverainement le bonnet de coton ; « Quoi ! mon cher, vous disent-» ils, vous portez encore de ça ? Mais vous êtes arriéré d'un » siècle ! c'est rococo ! Ce n'est pas artiste ! Il y a bien plus » de poésie dans un foulard des Indes... » Et ils vous accablent de tous les mots à la mode de l'époque (mots ronflans et vides de sens aujourd'hui, à force d'avoir été dits et appliqués à tout), et cela à propos de bonnet de nuit. O fureur artistique du siècle, ou artielle ! car l'un et l'autre se dit. J'ai entendu une fort jolie femme, pour laquelle j'avais une grande admiration et une profonde estime, s'écrier, en parlant de bonnet de coton, que c'était une véritable coiffure de *Béotien*. Comme c'est agréable et consolant pour ceux qui en portent !

Cependant, pourquoi ne pourrait-il pas y avoir, comme dans toute autre chose, beaucoup de poésie, pour parler leur langage, dans un vêtement de ce genre ? quand, par exemple, il s'y rattache un souvenir vif et tendre, le souvenir d'un bonheur !... C'est à un bonnet de coton que je dois mon premier baiser de femme. Et quel baiser ! et quelle femme ! Ne riez pas, je vous prie, de cet assemblage d'amour et de bonnet de nuit, car je vous parle de cœur et vous me feriez pitié !

J'allais avoir mes dix-neuf ans ; je faisais mon droit, je venais de terminer ma seconde année et tout triomphant j'emportais, du secrétariat de l'école, un beau diplôme de bachelier ; il était là, je le tenais et je me croyais quelque chose : je rêvais gloire ! Oh ! pensais-je, le bon siècle de la chevalerie est passé, on ne rompt plus de lances en l'honneur de la beauté des femmes et pour la cause des faibles ; mais on peut devenir avocat, et de sa parole puissante on défend la veuve et l'on fait rendre justice à l'orphelin ! Idées de collége ! Il n'y avait que deux ans que j'en étais sorti. Cependant, je l'avouerai, en si peu de tems déjà quelques-unes de ces illusions de jeunesse, rêvées si avidement au dortoir, exprimées avec tant de feu dans nos vives causeries de la récréation, s'étaient évanouies une à une et déjà j'entrevoyais ce qu'il y a de positif dans la vie. Aussi deux mois de vacances devant moi, deux mois de plaisir à dépenser ne me touchaient que fort peu, tant je craignais de voir encore m'échapper quelques-unes de mes chimères. C'est ainsi qu'en rêvant tout éveillé je descendais lentement les longues et étroites rues du Quartier Latin. Tout-à-coup, au milieu du Pont-Neuf, je suis violemment heurté par un gros garçon à la mine réjouie et facétieuse.

— Ah ! c'est toi, Alfred ! Où cours-tu donc si vite ? Tu as manqué de me renverser. Tu vas sans doute à quelque rendez-vous. — Non, dit-il d'un air très-fin, pas aujourd'hui. Je viens de *faire le palais* et je vais retenir ma place à la diligence.

Alfred était second clerc d'avoué, avec huit cents francs d'appointemens : bon diable, bon ami, sans souci, d'une famille assez aisée, très-propre aux affaires, menant une vie laborieuse et joyeuse tout à la fois ; sa seule ambition était de pouvoir acheter un jour une charge d'avoué à Paris ; c'était en un mot un bon enfant dans toute la force de l'expression.

— Est-ce que tu vas en Suisse cette année, Alfred ? — Non, je pars demain pour Léchères, tu sais, où mon beau-frère a un si beau château. Tiens, une idée ! Viens avec moi, tu verras ma sœur !

Un voyage avec Alfred n'était pas une chose des plus amusantes ni des plus ennuyeuses. Il est bien certainement des pressentimens secrets ! Le *tu verras ma sœur* me décida, et le lendemain nous partîmes ensemble côte-à-côte dans le coupé, comme deux riches gentlemans qui voyagent pour leur santé et leur plaisir, ou comme deux députés, si vous l'aimez mieux, qui retournent dans leur arrondissement recevoir, peut-être hélas ! un bruyant charivari, ou pour être accueillis par une brillante sérénade, ce qui est plus rare cependant.

Je vous fais grâce, madame, ô vous qui perdez votre tems à me lire ! je vous fais grâce, par reconnaissance, des sites pittoresques qui, vivans panoramas, comme dirait un romantique, passèrent devant nos yeux. Je vous tiens également quitte, toujours par reconnaissance, des bons mots et des excellentes farces de mon compagnon de voyage qui, dans toutes les villes, dans tous les bourgs et villages où nous passions, ne manquait jamais de saluer gravement les honnêtes marchands qu'il apercevait sur le devant de leur boutique. Eux, de rendre politesse pour politesse avec empressement ; lui, de leur rire au nez, en les saluant encore et en les appelant par leur nom, qu'il avait lu sur leur enseigne.

Nous arrivâmes ainsi à Léchères à neuf heures du soir ; la table était mise ; on attendait Alfred. Il embrasse sa sœur et me prenant par la main d'un air gravement comique, — Je te présente mon ami intime, lui dit-il. — Soyez le bien-venu, monsieur ! me dit tout simplement cette charmante femme.

Vous vous attendez peut-être à une description poétique de ses beaux yeux, de ses beaux cheveux parfumés, de ses belles dents, de sa douce haleine, de ses belles formes aëriennes.... Point ! Je vous dirai seulement qu'elle s'appelait.... Bah ! que vous importe un nom ? Qu'il vous suffise de savoir qu'elle avait un nom charmant, un de ces noms doux et tendrement sonores, qui vont droit à l'âme.

Le souper fut l'un des plus gais et des plus agréables que j'aie jamais faits de ma vie. J'eus plus d'une fois l'occasion de remarquer chez *elle* une finesse d'esprit et une délicatesse de sentiment peu communes. Oh ! que je m'estimais heureux d'avoir rencontré ce bon Alfred sur le Pont-Neuf !

Le soir elle nous conduisit elle-même à nos chambres pour voir si rien ne manquait. Elle me traitait déjà comme un frère. Comme un frère, rien de plus ! Mais, me dis-je, je ne suis encore arrivé que d'une heure, patience ! Et mon cœur bondissait d'espérance ! je n'avais jamais aimé. Nous étions tous les trois à deviser sur le carré ; à la campagne on a sitôt fait connaissance ! Alfred s'était déjà couvert le chef d'un superbe foulard à dessins perses et commençait à bâiller d'une force prodigieuse. — Bon soir, mes enfans, nous dit-elle familièrement ; à demain ! — Ah ! madame, lui dis-je en l'arrêtant, pardon ! Dans la précipitation avec laquelle nous sommes partis de Paris, j'ai oublié de prendre des bonnets de nuit..... Pourriez-vous, je vous prie, me faire donner un bonnet de coton ? A ces mots, mon gros bouffi d'Alfred partit d'un éclat de rire interminable. Elle aussi, elle riait ; elle riait ! et de ce rire décent et moqueur tout à la fois, qui sied si bien aux femmes, qui les rend si fortes, et qui nous déconcerte et nous désespère tant. — Je me suis perdu dans son esprit, me dis-je, et cette pensée rapide m'ôtait l'usage de la parole. L'autre riait toujours. Honteux et rougissant jusqu'au blanc des yeux, je hasardai quelques mots pour sortir de cette position pénible. — Madame, lui dis-je en m'efforçant de sourire le plus finement qu'il était en moi, qu'y a-t-il donc de si ridicule dans ma demande ? Nos pères, et parmi eux il y eut de grands hommes..... Je sentais que j'allais dire des sottises, j'étais sur des épines ; elle s'en aperçut, et coupant court à toute conversation : — Bon soir Alfred, dit-elle à son frère. Monsieur, je vais vous envoyer ce qu'il vous faut, et un léger pincement de ses lèvres me fit rougir de plus belle. Je la saluai ; j'entendis ses pas se perdre un à un dans le long corridor et je restais toujours là cloué sur la place. — Ah ! ça, tu portes encore des bonnets de coton, toi ? me dit Alfred d'un ton tout-à-fait grave et d'un air presqu'inquiet. — Alfred, tu m'ennuies ;

bon soir ! va te coucher, il en est temps ! Et je lui fermai la porte sur le nez. — Tu n'es pas artiste, me cria-t-il en rentrant dans sa chambre.—Bon ! Il n'y a pas manqué. Artiste !

Cependant je ne pus fermer l'œil de toute la nuit. En dernier lieu elle ne m'avait pas dit bon soir comme à son frère ! elle m'avait salué froidement et m'avait appelé monsieur, elle qui, l'instant d'avant, avait dit : Mes enfans ! Quel changement ! Et je pensais à son sourire surtout ; ce sourire, je le commentais de mille manières : il était moqueur ; oui, je lui avais paru ridicule ; elle n'a que de la moquerie pour moi, me dis-je, et de la pitié sans doute. Demain les sarcasmes d'Alfred vont recommencer ; il est homme à ne pas en démordre de huit jours ! elle rira encore ; peut-être finira-t-elle par me mépriser. Quoi ! du mépris pour cela ! oh ! cette femme ne mérite pas mon amour, non ; elle est froide et moqueuse ; il ne faut plus y penser ; dormons ! et je ne dormis pas.

Le lendemain je fus fort étonné de ne pas entendre Alfred reprendre la conversation de la veille. Plus tard, j'ai su pourquoi. Oh ! que les femmes ont de délicates et d'admirables attentions !

Que vous dirai-je ? environ un mois s'écoula au milieu de tous les genres de plaisirs que l'on rencontre à la campagne : parties de chasse, de pêche, promenades sur l'eau et aux bois, visites chez les propriétaires voisins, réunions de famille et d'amis où un cœur de dix-neuf ans trouve à s'épancher. J'étais toujours auprès d'elle, je ne la quittais pas d'un instant, je la suivais partout, je lui parlais sans cesse, en un mot, je l'aimais éperdûment. Je l'appelais *ma belle maman*, mais je n'aurais pas osé pour une fortune entière lui avouer mon amour. Je n'espérais rien ; je souffrais, mais je ne regrettais pas d'être venu à Léchères. Cet état de l'âme me rendait triste et mélancolique, et Alfred me disait de tems en tems : Mais, mon cher, tu n'as pas l'air de t'amuser ?

Un soir, à la nuit tombante (c'était l'avant-veille du jour fixé pour notre départ), j'étais seul près d'elle assis sur la lisière du petit bois. — Vous ne paraissez pas heureux, me dit-elle ; cependant à votre âge tout doit charmer dans la vie. — Ah ! madame, repris-je, il me manque quelque chose, et ce qui me désespère c'est que je sens que je suis homme à ne pas faire un pas, à ne pas dire un mot pour l'obtenir. — Vous êtes encore bien jeune, dit-elle en rougissant, et je soupirai. Son frère et son mari arrivaient ; ils venaient de tuer un lièvre et se disputaient l'un à l'autre l'honneur de l'avoir jeté par terre : — Je reconnais de mon plomb, disait Alfred.

Le soir, en me déshabillant, je trouvai dans mon bonnet de nuit un petit billet.... Halte-là ! m'allez-vous dire, lecteur ; vous vous moquez ; moyen connu et usé, pitoyable ! tiré du roman de Louvet !.... Que voulez-vous que j'y fasse ? ce que je vous raconte est une histoire véritable. Apparemment qu'elle avait lu Faublas et qu'elle trouvait le moyen bon. Inutile de vous dire le contenu du billet. Elle m'aimait ! elle m'avait aimé du premier jour où elle m'avait vu, du soir où je lui avais si drôlement fait la demande d'un bonnet de coton.

Elle m'aima ! et ne fut-elle pas excusable ? Mariée contre son gré à seize ans à un homme qui avait plus de deux fois son âge, vieux, laid, bourru, spéculateur à l'âme sèche et avide, elle ne pouvait sympathiser avec lui, et son cœur fut touché de l'amour d'un timide jeune homme !

Le lendemain nous partîmes de Léchères, mais j'emportais avec moi du bonheur et des souvenirs pour long-tems, et elle devait revenir à Paris dans six semaines. Oh ! que cet hiver là je passai de délicieuses soirées ! que les bals me semblaient fades et maussades ! mais que la vie s'ouvrait belle et séduisante devant moi ! Encore une illusion !

Plus tard l'indiscrétion d'une amie infidèle nous perdit.

Je dus me battre en duel avec son frère, et son tyran l'emmena loin de Paris, pour toujours peut-être! Elle m'écrivit, mais je l'abandonnai. Il me semblait que d'autres joies plus vives, d'autres succès plus brillans m'attendaient dans le monde ; — Elle m'avait ouvert la carrière!.... Je l'abandonnai, elle si tendre, si douce, si dévouée....

Et voilà comment, par reconnaissance et par souvenir, je continue à porter un bonnet de coton.

Mon premier Bal masqué.

Or, ce soir-là j'allais pour la première fois au bal masqué et j'y avais un rendez-vous !.... Jugez de quelle joie intérieure je devais être agité. Aussi avais-je peine à contenir mon impatience ; les heures me semblaient des siècles et mon cœur battait plus vîte et plus fort, je vous assure, que le balancier de ma pendule. Il n'était pas encore onze heures et cependant j'étais prêt depuis long-tems. Las de parcourir ma chambre en tous sens, je me déterminai à sortir, et pour tuer le tems, l'idée me vint d'aller souper chez un restaurateur.

— Il n'est pas mauvais, me dis-je, avant d'entrer au bal, de s'échauffer un peu la tête par quelques libations d'un vin pétillant et généreux, l'esprit devient alors plus délié pour l'intrigue et plus vif pour la riposte. Mais mon intrigue à moi était si simple et si pure !...

J'étais en ce moment devant le Café de Paris, j'y entrai.

— Garçon, servez-moi à souper.

Après avoir commandé ce que je désirais, j'allai me tapir dans un coin des vastes appartemens du café ; je m'étais adossé par hazard tout près d'un petit salon contigu et ouvert, où trois jeunes hommes du bon ton achevaient gaiement une bruyante orgie. Ils parlaient à haute voix et sans ordre et déjà ils ne pouvaient plus se comprendre ; ils ne s'étaient même pas aperçus de mon arrivée. C'était pari sur pari : — Mon cheval anglais contre ta jument andalouse que demain matin j'abats dix poupées de suite chez Lepage.— Vingt-cinq louis contre ton tilbury que Julia me préfère à toi.— Eh bien, moi, dit le plus âgé des trois, je veux mieux que cela : je parie deux cents louis qu'avant deux mois j'obtiens l'amour et les plus intimes faveurs de la jeune Marie !

— Tu es bien audacieux, Achille, s'écria le plus jeune ; je gage le contraire et ne crois pas risquer beaucoup.

— Bravo ! mes seigneurs, fit le troisième, je tiendrai les enjeux.

Marie ! ce nom me fit tressaillir de la tête aux pieds, et je tombai malgré moi dans une profonde rêverie.

Que disent-ils ? Marie ! Elle s'appelle aussi Marie celle que j'aime ; celle dont le nom fait vibrer toutes les cordes de mon âme ; celle dont le son de voix est si pur et si pénétrant ; celle pour qui je donnerais mille fois ma vie ; celle qui ira, accompagnée de son vieux oncle, au bal masqué ce soir et qui m'a permis de l'y rencontrer ; celle enfin qui fait que j'existe. Oh ! mon histoire avec Marie est une si belle histoire ! Jugez : obscur orphelin, seul au monde, j'ai pu rattacher le fil de mon existence à celle de cet ange. Isolé, sans famille, pas de mère à chérir, pas de sœur à défendre et à protéger, pas de frère, pas d'ami dans le sein duquel on pleure, il fallait mourir!

Je m'étais fait poète, mais mon cœur restait toujours vide; à vingt ans c'est la réalité qu'il faut. C'est une âme qui réponde à votre âme!

Un soir, après une de ces longues promenades mélancoliques, où j'épuisais en pure perte tous les rêves que peut enfanter une imagination ardente, je rentrais chez moi fatigué, découragé comme les autres jours et me rapprochant toujours de plus en plus du désespoir et du suicide; mon portier, bon et doucereux vieillard, mon seul confident, mon seul ami, me remit un billet imprimé et tout ouvert. Oh! tous ces détails sont bien présens à ma mémoire et me charment encore!

— C'est une invitation de bal, monsieur, me dit Bertrand à voix basse. — Vous croyez, répondis-je en souriant amèrement. — Vous voyez bien qu'on pense à vous, ajouta-t-il avec mystère. — Vous avez raison, c'est du père de Charles, mon camarade de collége, avec lequel j'ai renoué connaissance au théâtre du vaudeville, ce jour fatal où ma pièce est tombée, vous savez, Bertrand! — Bah, monsieur, reprit-il, du courage, et allez, il faut s'amuser quand on est jeune

— Irai-je à ce bal, me dis-je rentré chez moi? Pourquoi pas! Avant de mourir il faut tout connaître. Voyons le monde! Au jour indiqué je me présentai chez le père de Charles. Craignant d'être annoncé, je cherchais à me glisser en secret et incognito dans les salons, mais les abords en étaient obstrués par un groupe considérable d'hommes, qui s'entretenaient vivement.

— Elle est charmante, disait l'un. — C'est un ange, reprenait un autre. — C'est mieux que cela, ajoutait un troisième; et leurs yeux à tous étincelaient d'admiration et de

Entraîné par un mouvement de curiosité irrésistible et par une puissance inconnue, je m'efforçai de percer la foule en coudoyant impoliment cette respectable réunion de fashionables ; mais bientôt je demeurai immobile et cloué sur le parquet. Un sang chaud et vivifiant avait reflué vivement sur mon cœur. C'était en effet un ange que je voyais ; réellement un ange ! Mes plus doux rêves s'étaient réalisés ; l'être idéal et céleste que j'adorais, sans le connaître, m'était apparu, c'était Marie !

La comtesse Marie, belle et jeune femme à la taille svelte et dégagée, aux formes vigoureuses et nobles, au front pur et blanc comme neige, aux cheveux noirs comme ébène, au teint pâle, aux yeux de feu !

La tête penchée en avant, la bouche béante, incapable de railler une idée, j'étais là fasciné par l'admiration ; je devais vraiment faire pitié. Marie dansait. En revenant à sa place ma sotte contenance attira sans doute son attention ; son regard s'arrêta un instant sur moi, puis un léger mais bien doux sourire erra sur ses lèvres et tout fut dit : mais ce regard, mais ce sourire avaient décidé de ma vie !

Pendant toute la soirée je ne la quittai pas un seul moment des yeux ; elle ne semblait pas en être fatiguée. Je m'enhardis, et, sur la fin du bal, j'osai lui demander une valse, je fus accepté. C'est la seule fois que j'aie pressé contre mon cœur ce corps si parfait, chef-d'œuvre de la création, c'est la seule fois que j'aie pu puiser de si près dans ses yeux l'amour qui m'énivre et me brûle ; mais depuis ce jour je suis reçu chez son vieux oncle, mais je la vois souvent, je vis maintenant !....

— Garçon, du champagne !

Cette bachique exclamation me tira de la léthargie amoureuse où j'étais plongé depuis quelques minutes ; entraîné par un charme invincible, je venais de repasser rapidement dans mon esprit toutes les circonstances qui avaient amené ma rencontre avec Marie. Depuis un mois je connaissais la jeune comtesse et ce soir là même je devais la rejoindre au bal masqué. Je me souvins tout-à-coup que près de moi on venait de prononcer son nom. Ce souvenir me traversa l'âme comme la lame glacée d'un poignard. Etait-ce un pressentiment? Mais quels rapports pouvaient exister entre ces fous et Marie? Oh! non, ce n'est pas de ma comtesse à moi qu'ils parlent!

— Du champagne, allons donc; répéta celui qui avait proposé l'infâme gageure.

— Assez, dit son adversaire; il est minuit, l'Opéra est ouvert, allons au bal!

— Au bal! crièrent-ils tous à la fois en se levant.

— Ils vont au bal! je les y suivrai, me dis-je.

J'entrai avec eux à l'Opéra. Mais bientôt la foule nous eût séparés; ne les voyant plus, je ne pensai plus à eux et l'idée de chercher et de rencontrer Marie m'absorbait d'ailleurs tout entier. J'errais depuis quelque tems dans la salle, incertain et plein d'impatience, lorsqu'au moment de pénétrer dans le foyer je me sentis saisir doucement par le bras.

— Bonsoir, me dit-on en contrefaisant sa voix, qui cherches-tu donc ainsi?

— Ah! Marie, lui dis-je tout bas, je viens de vous reconnaître avant que vous n'ayez parlé! je vous cherche depuis long-tems. A qui donnez-vous le bras? Est-ce votre oncle?... Elle allait me répondre.... Un maudit domino, me saisissant avec force, m'entraîna loin d'elle et me tint ce singulier langage :

— On sait qui vous êtes ici, monsieur, mais vous ne connaissez pas sans doute les personnes que vous venez d'accoster tout-à-l'heure; vous vous méprenez; il n'est pas convenable, je vous le dis, que vous continuiez à causer avec elles.

Ce n'était certainement pas la première fois que j'entendais le timbre aigu de cette voix, qu'on ne cherchait pas d'ailleurs à déguiser.

— Vous êtes fou, répondis-je, et bien malencontreux. Laissez-moi ; et je voulais me dégager.

— Non, ajouta-t-il en me serrant fortement la main, vous ne chercherez pas à rejoindre cette dame, je vous le défends !

— Ah ! c'en est trop, m'écriai-je ! Qui êtes vous vous-même pour me parler ainsi ? nommez-vous à l'instant ou je vous arrache votre masque.

La foule nous entourait déjà ; à nos paroles brèves et animées, on voyait bien qu'il ne s'agissait pas d'une intrigue banale ou d'une fade mystification.

— Voici mon nom et mon adresse, me dit-il, et je suis prêt à vous donner satisfaction ; mais, ajouta-t-il à voix basse et en me tirant à l'écart, je vous engage ma parole que si vous tentez de revoir la comtesse, je la forcerai bien de quitter le bal elle-même, choisissez ! Et il souleva légèrement son masque.

Je n'en pouvais plus douter, c'était l'homme du Café de Paris. Je jetai un coup-d'œil rapide sur la carte qu'il m'avait glissée dans la main et je lus : Baron Achille de M.... pair de France.

Voilà donc mon rival. La conduite de cet homme est une lâcheté, pensai-je, mais exalté comme il est par la chaleur de l'orgie dont il sort, il peut commettre quelque grave imprudence ; il faut avant tout sauver une esclandre à la comtesse.

Je me sacrifiai ! Partir sans la revoir, sans lui parler, mon âme était déchirée, cependant il le fallait.

— Je cède, dis-je au baron, mais à deux conditions, c'est que vous quitterez le bal avec moi et que demain matin à la pointe du jour vous vous trouverez sur le terrein.

— Soit, dit-il ; et nous sortîmes ensemble en nous serrant l'un contre l'autre.

À huit heures nous étions sur le pré. Je reçus un bon coup

d'épée à travers le bras, mais qu'était-ce que cela? Le plus grand malheur c'est que mon adversaire s'en était tiré sain et sauf et qu'il me fallut garder la chambre pendant trois semaines sans sortir. Siècle d'angoisses et de tourmens! Que pensera-t-elle de moi? disais-je. J'avais bien pu la faire prévenir de mon accident et elle avait envoyé savoir de mes nouvelles, mais elle ignorait pour qui je m'étais battu. Si elle allait croire que c'est pour une autre! J'étais bourrelé de mille cruelles pensées qui retardaient ma guérison.

Enfin le jour de la délivrance arriva ; il me fut permis de sortir. Je me présentai chez Marie, mais l'entrée me fut refusée ; j'étais au désespoir. Je pensai à Charles, il connaissait le baron de M...., j'y courus. C'était là que m'était réservé le dernier coup, qui devait mettre le comble à mon malheur. Charles m'apprit que le mariage de Marie avec le jeune pair de France était irrévocablement arrêté et devait avoir lieu dans quelques jours. Le baron, depuis trois semaines, n'avait pas quitté Marie un seul instant ; il lui avait fait une cour assidue et il n'avait pas tardé à en devenir éperduement amoureux. Et Marie, la faible Marie, pressée vivement par son oncle et par toute sa famille, lui avait accordé sa main.

Je restai anéanti sous le poids de cette horrible nouvelle. Une fièvre brûlante me saisit et je passai plusieurs jours dans un délire affreux. Cependant je ne succombai pas.

Un jour, pendant ma convalescence, j'étais à ma fenêtre, abandonné à mes tristes pensées ; on était au printems, tout renaissait à la vie, mais moi je ne trouvais que la mort au fond de mon cœur. Mon fidèle Bertrand, qui ne m'avait pas quitté pendant ma maladie, avait ce jour-là quelque chose d'extraordinaire, qui me faisait présager de sa part quelque triste révélation. En effet, il ne tarda pas à s'approcher de moi et prenant son ton mystérieux : —Monsieur, dit-il, pendant votre maladie un commissionnaire a apporté ceci pour vous, et il me présentait un petite boîte en écaille

— Donnez vite ; comment avez-vous attendu si longtems ?
Et j'ouvris avidement la boite. Elle contenait un anneau
d'or, sur lequel on avait gravé ces mots : SOUVENIR D'AMI-
TIÉ. 1821.

Mon cœur se serra horriblement ; tout était donc fini ? Je
comprenais que cet anneau était pour moi sa lettre de faire
part. Elle était mariée, unie à un autre. Marie perdue pour
moi sans retour ! SOUVENIR D'AMITIÉ ! Quelle glace ! Non,
je n'accepterai pas cette bague. Mais pourquoi ? Notre union
était impossible. Qui m'a dit d'ailleurs qu'elle m'ait jamais
aimé autrement que comme un ami, comme un frère qu'elle
avait trouvé sur son passage, isolé, le désespoir au cœur, et
à qui elle avait dit : — Tu n'es pas seul au monde, une
sœur, une amie te tend la main ! n'est-ce pas déjà beaucoup
d'avoir eu son amitié ? Ah ! son amour m'aurait tué sans
doute ; mon âme n'aurait pu contenir tant de bonheur. Oh !
que du moins son souvenir me reste. Gardons cet anneau,
il me vient d'elle, elle l'a tenu dans ses doigts adorés, peut-
être même ses lèvres.... Oh ! non, Marie, si jamais tu m'as
aimé, oublie-moi ! Les chagrins et les regrets qu'un amour
malheureux laisse après lui sont trop cruels ; tu ne pourrais
les supporter, toi, faible femme ! ton cœur en serait bientôt
desséché, tes traits flétris et tu tomberais fanée avant le
tems ! A moi seul les tortures de l'âme et les angoisses d'une
déception accomplie ! A toi les plaisirs et les succès. Pare-
toi de gaze et de fleurs, brille, jouis de tes triomphes. Que
la vie te soit douce et légère ! Pour moi le fardeau de l'existence ! Que moi seul je souffre, et toi, Marie, ô Marie, sois
heureuse !... Adieu !!!

Depuis cette époque, je suis retourné souvent au bal masqué ; j'y ai noué et dénoué quelques pâles intrigues, mais
toujours, au moment d'y entrer, un léger frisson me sur-
prend, et dans ces réunions tourbillonnantes et éclatantes

de gaieté et de folie, je demeure inquiet et soucieux, je n'y
puis enfin monter mon esprit au joyeux diapason des autres..... C'est que le souvenir de Marie m'y poursuit toujours !

Un Duel.

Quand j'habitais Paris, j'étais reçu dans le salon de madame B***, qui réunissait chez elle la plus agréable et la plus brillante société de la capitale. Dans cette maison, à part pour ainsi dire, il ne venait que des hommes distingués et des femmes délicieuses d'esprit et de beauté. Le fait est que je n'en ai jamais vu de laides dans ce salon privilégié.

Mais au-dessus de toutes ces suaves créatures, s'élevait plus belle encore et plus séduisante une jeune fille, qui, sans envie de la part des femmes, sans partage du côté des hommes, s'était concilié toutes les sympathies et faisait l'admiration générale.

Vous vous êtes plu quelquefois, n'est-ce pas? à vous créer de ces fantaisies de femme, que vous orniez de mille attraits, auxquelles vous prodiguiez toutes les grâces de l'esprit et les douces qualités de l'âme!.... Eh bien! reportez-vous à l'un de ce rêves de votre cœur et vous aurez une idée de Julia.

Un soir nous dansions chez madame B***. Peu amateur de la danse pour elle-même, j'en jouissais en observateur : je prenais un plaisir indicible à contempler Julia, cette création si ravissante. Heureux, qui saura toucher son cœur, pensai-je! Elle dansait en ce moment avec un jeune homme qui paraissait lui parler de manière à se faire écouter. Peut-être aussi était-il compris? La jeune fille était pourpre et baissait les yeux; cependant elle les relevait de temps en temps sur le jeune homme avec une expression indéfinissable.

Au milieu de ma rêverie, la contredanse s'acheva brusquement. Je voulus esquiver le choc des danseurs, qui, en se séparant, se pressaient de tous côtés, et, malgré moi, je fus poussé tout près du jeune couple qui avait attiré toute mon attention pendant la contredanse.

Bien innocemment, je vous assure, je recueillis ces mots :
« Un jour vous saurez, Julia, ce qu'il peut entrer d'amour » et de résolution dans un cœur d'homme ! »

Ces paroles étaient bien dramatiques dans un bal! Mais elles annonçaient une nature impressionnable et peu ordinaire. Mes yeux s'arrêtèrent long-temps sur celui qui les avait dites.

C'était un de ces hommes à l'extérieur frêle et langoureux, mais qui paraissent *avoir de la trempe* et dont le regard décèle la portée de l'âme.

Je voulus suivre son histoire. Idée comme une autre ! Etait-ce curiosité ou intérêt? Il y avait des deux sans doute.

Ernest (j'appris qu'il s'appelait ainsi) menait une vie très-mystérieuse; il parlait peu, avait peu d'amis et paraissait fortement préoccupé d'une seule pensée comme le principe de toutes ses actions. Il était aisé de voir que l'amour avait traversé cette jeune âme.

Quelque temps se passa , l'été avait ramené d'autres plaisirs ; madame B*** n'avait pas de maison de campagne , on ne se réunissait plus que très-rarement chez elle ; je restai long-temps sans voir Ernest.

Mais avec l'hiver revinrent les longues et douces réunions du soir. C'était la veille de l'an , le 31 décembre 1827. J'avais quitté de bonne heure le salon de madame B*** et j'étais silencieusement occupé à rechercher , dans la salle voisine , ce qui m'appartenait , au milieu d'un amas de chapeaux , de pelisses et de manteaux , quand tout-à-coup deux hommes entrèrent précipitamment. L'un d'eux dit à l'autre en lui saisissant le bras avec passion : « Vous êtes un lâche ! demain à huit heures je serai chez vous. » Et ils sortirent sans m'avoir aperçu.

Celui auquel s'adressaient ces paroles foudroyantes , était un jeune lieutenant-colonel de grande famille ; il s'appelait le comte de Surville. Il était en possession de la plus brillante réputation de jeune homme que l'on pût avoir. Maitre d'une fortune considérable , il avait les plus beaux équipages de Paris. Brave et déterminé , il s'était distingué dans plus d'un duel contre des adversaires redoutables , il avait acquis la considération des hommes , et les femmes avaient pour lui des sourires ; à lui enfin les aventures les plus heureuses et les succès les plus inattendus.

Celui qui avait parlé , c'était Ernest.

J'ai su depuis que M. de Surville , devant un groupe de jeunes *fashionables* , moins brillans peut-être , mais non moins légers et étourdis que lui , avait odieusement calomnié la belle Julia , en désignant Ernest.

Le nom de la séduisante fille avait été profané. Ce crime exigeait une terrible réparation.

De crainte de compromettre , en prenant publiquement sa défense , celle qu'il aimait plus que la vie et autant que l'honneur , Ernest avait préféré se taire. Il avait concentré dans son cœur son indignation et sa rage pour se préparer une vengeance plus certaine

Le lendemain, à huit heures du matin, Ernest était chez M. de Surville.

Le comte s'était endormi la veille, peu soucieux du lendemain et de la rencontre qui devait avoir lieu. Il en avait tant vues !

Quand Ernest entra, il se réveillait mollement, cherchant à rallier ses idées.

Ernest, sans bruit et d'une main assurée, avait fermé la porte en dedans à double tour ; il en retira la clé, la mit sur la cheminée et vint, en silence, se poser devant le comte.

Cette figure pâle et déterminée, qui dardait des regards de feu, fit tressaillir Surville. Par un mouvement involontaire, il étendit son bras comme pour chercher une arme. Mais bientôt, rougissant de sa faiblesse : « Veuillez vous asseoir » dit-il à Ernest d'un ton poli.

— Monsieur, un seul de nous doit sortir de cette chambre, en voici la clé.... à qui la gagnera !

— Vous m'expliquerez.....

— Il est des offenses qui demandent plus que du sang ! c'est votre vie tout entière qu'il me faut, ou vous aurez la mienne. Julia lâchement outragée....!

— Assez, monsieur, je vous comprends !... Voilà bien une boîte de pistolets, mais je n'ai ni poudre ni balle.... Et d'après vos conditions, ajouta le comte en riant, le moment n'est pas encore venu où l'un de nous deux doit sortir d'ici. Voulez-vous, monsieur, permettre que je sonne ?

Ernest, sans lui répondre, lui jeta un regard de mépris.

Tout-à-coup ses yeux étincellent : deux superbes poignards damasquinés, antiquités du moyen-âge, étaient suspendus en croix auprès du lit élégant du comte.

Du bond d'un jeune tigre qui s'est précipité sur l'ennemi menaçant sa compagne, Ernest avait sauté sur l'une de ces terribles armes.

— Oserais-tu, dit-il au comte?... Et il faisait plier la fine lame d'acier.

— L'idée est originale, reprit M. de Surville : on en parlera demain dans tout Paris.

Il alla nonchalamment détacher le second poignard.

On n'a jamais bien su le tems qu'avait duré l'épouvantable lutte qui dût s'engager entre ces deux implacables ennemis, mais on peut s'en faire une idée. Lorsqu'on ouvrit la chambre du comte, on vit deux hommes étendus, baignés dans leur sang : il fallait que leur fureur fût bien grande, car ils avaient voulu combattre nus jusqu'à la ceinture. On pouvait suivre sur leur poitrine, le long des épaules et à l'entour du cou la trace bleuâtre de leurs terribles étreintes et l'empreinte sanglante de leurs ongles. Ils étaient l'un et l'autre *déchiquetés* de coups de poignard.

Les soins les plus prompts leur furent prodigués ; on avait appelé les médecins les plus habiles. Le comte revint bientôt à la vie ; ses blessures, quoique profondes, n'étaient pas mortelles.

Mais Ernest !.....

Le sort avait cruellement guidé sa main et bien mal servi sa vengeance

Le fer, qu'il avait laissé à la défense de son ennemi, était empoisonné....

Tous les efforts humains furent impuissans, toutes les ressources de l'art restèrent sans effet.... Lui si brave et si passionné ! il périt dans d'horribles souffrances.

Ainsi l'année nouvelle n'eut pour Ernest qu'une matinée!

Et Julia.....

Cette fleur brillante se fana et tomba de sa tige avant que cette même année eût terminé son cours !

Une Danseuse.

ENFIN, je puis t'assurer, Frédéric, que c'est une femme séduisante !

— Eh ! tu mêles toujours à tes discours le nom des femmes ! cesse donc quelquefois de parler des danseuses, de chevaux et de futilités.

— Mais, Frédéric, sans les femmes nous ne pourrions rien faire.

— Voilà qui est vrai comme une vérité de M. de la Palisse.

— Il est aisé de railler quand on ne veut pas comprendre.

Je veux seulement te dire que l'amour des femmes est presque toujours dans la vie le plus puissant mobile de nos actions. Et tiens.... toi-même, tout philosophe que tu puisses être, je parierais que tu as eu plus d'un compte à régler avec le Dieu auquel tu me reproches de sacrifier.

A ces derniers mots Paul se prit à rire; Frédéric ne put s'empêcher de rougir; heureusement pour lui que son interlocuteur ne s'en aperçut pas. Paul continua :

— Vois-tu, Frédéric, Olivia n'est qu'une danseuse de province, c'est vrai! mais je lis dans ses yeux qu'elle a une âme aussi belle que sa figure; et son caractère, j'en suis certain, est aussi bien fait que sa jolie taille. Et puis, tous les hommes disent qu'elle est sage; depuis trois mois qu'elle a paru sur notre théâtre, on ne lui connaît pas la plus petite intrigue.

— Paul, tu déraisonnes! la femme qu'on désire et qu'on ne possède pas encore, est toujours à nos yeux pourvue de toutes les vertus et de toutes les qualités imaginables. Mais, retiens bien ceci : une danseuse ne sera toujours qu'une danseuse.

— Tu as beau dire, elle sera ma maîtresse. Et plus que cela, Frédéric! j'en veux faire une amie; je m'y attache et si elle me fait le sacrifice de sa vertu, comme j'y compte, eh! bien, moi, je lui sacrifierai en retour ma vie désordonnée, je me rangerai, mon ami. J'ai de l'argent pour deux, elle quittera la scène et nous vivrons doucement ensemble; il faut bien faire une fin, comme on dit, et il y a tant de ménages comme ça! ce sont souvent les unions les plus heureuses.

— Fou! tu veux faire dépendre ton bonheur de l'amour et de la fidélité d'une fille de théâtre! tu me fais pitié. Mais poursuis tes desseins sur Olivia, tu seras trompé une fois de plus, voilà tout.

Douze heures sonnaient à toutes les horloges de la ville.

— Notre déjeûner est fini, dit Frédéric en se levant, et selon nos conventions, il ne doit jamais se prolonger au-delà de cette heure. Adieu, Paul! dans huit jours.

— Dans huit jours, Frédéric! j'aurai du nouveau à t'apprendre. Puisse la charmante Olivia....

— Puisses-tu ne pas seulement obtenir sa main à baiser, interrompit Frédéric! c'est mon souhait.

— Bah! fit Paul, je lui ai déjà parlé deux fois sur le théâtre.

Frédéric fronça légèrement le sourcil, serra la main de son ami et disparut.

Ceci se passait, ami lecteur, dans une grande ville de province, où il y a de beaux cafés éclairés au gaz et des tavernes anglaises, plusieurs théâtres et un jardin Tivoli, où l'on rencontre de brillans équipages, des élégantes, des dandys et des danseuses. Est-ce Bruxelles, Lyon ou Marseille? qu'importe. Il m'est impossible de vous apprendre le véritable nom des héros de cette histoire, à quoi bon alors vous faire connaître le lieu de la scène? cependant si vous y tenez absolument, mettons par exemple que ce soit Bordeaux.

Frédéric, dont le caractère, tant soit peu austère, vous déplaît sans doute, mais dont la rougeur subite à certaines paroles de Paul a piqué votre curiosité, j'en suis sûr, est tout simplement le professeur de philosophie du collége royal de la ville. Orphelin de bonne heure, il avait été élevé par les soins de son oncle, professeur à l'Université de Paris, qui lui avait fait faire d'excellentes études. Mais cet oncle vint à mourir ; sa fortune consistait en traitemens annuels et en pensions viagères, qui s'éteignirent avec lui ; Frédéric fut ruiné. Il chercha des emplois, mais il se rebuta bien vite du rôle de solliciteur. L'étude alors vint le consoler ; il s'y livra avec ardeur, et la science rétablit sa fortune. Il était parvenu à se faire un nom dans le monde savant par la publication de plusieurs ouvrages de philosophie et d'histoire, qui lui valurent l'entrée de l'Université, et il venait enfin d'obtenir une chaire de philosophie dans une des premières villes de France.

Que ces détails soient fastidieux, je ne le nierai pas, mais ils sont nécessaires à l'intelligence de cette histoire.

Quant à Paul, c'était un ancien ami de collége de Frédéric. Il était riche et ami des plaisirs; c'était un élégant de la ville, un de ces jeunes fous qui risquent leur fortune sur une carte ou leur vie dans une course au clocher; mais les conseils de Frédéric, qu'il aimait beaucoup, avaient fini par le toucher, il voulait faire une fin, comme il le disait lui-même en riant. A l'arrivée de Frédéric à Bordeaux, Paul avait prétendu l'entraîner dans le monde, au théâtre, aux promenades; le philosophe avait résisté courageusement, puis on capitula : il fut convenu qu'on se réunirait de tems en tems pour déjeûner ou dîner ensemble, afin de se raconter, l'un ses bonnes fortunes, l'autre ses découvertes scientifiques ou littéraires.

Depuis trois mois que Frédéric était arrivé à Bordeaux, il n'avait pas encore eu l'envie de fréquenter la société ni même les théâtres; il ne faut cependant pas croire qu'il était entièrement ennemi des plaisirs et du monde, mais, je dois l'avouer au lecteur, Frédéric était amoureux. L'étude et la science ne sont pas une armure ni un bouclier impénétrable aux traits de l'amour, ce roi des dieux et des humains, et les œuvres d'Helvétius ou les leçons philosophiques de M. Cousin étaient impuissantes pour arracher du cœur de notre pauvre philosophe la flèche qu'il portait partout avec lui.

L'histoire de ses amours était cependant une bien simple histoire. Dans son voyage de Paris à Bordeaux, il avait fait en diligence, la rencontre d'une jeune personne charmante, dont le nom et le souvenir le poursuivaient malgré lui jusqu'au sein de ses plus graves méditations.

La diligence est vraiment une des inventions les plus perfides de l'humanité! Si vous avez le bonheur qu'elle ne verse pas et de conserver votre tête, vous y laissez infailliblement votre cœur au pouvoir de quelque jeune et jolie voyageuse, qui presque toujours se moque de vous, de vos œillades et de vos frais d'esprit.

La route avait été longue, Frédéric avait eu le temps de s'énivrer d'amour et de s'enfoncer le trait bien avant dans le cœur. Et puis un épisode assez désagréable pour la jeune fille, mais très-favorable pour lui, était venu donner à cette rencontre plus d'importance et d'intimité que n'en ont ordinairement ces liaisons passagères si légèrement formées en diligence et si vite rompues à la dernière poste.

Amélie (c'était le nom de la jeune fille, et la suavité de ses traits comme l'aménité de son caractère répondaient à la douceur de ce nom) était accompagnée de son père, vieillard à cheveux blancs et de deux plus jeunes sœurs ; Frédéric, placé en face d'elle, et un autre jeune homme, grand babillard et bien certainement commis-voyageur, complétaient l'intérieur de la voiture. Lorsque la nuit arrive en diligence la conversation baisse avec le jour et chacun sommeille ou feint de dormir pour réfléchir à son aise. Frédéric ne dormait pas, donc il réfléchissait.

La nuit était déjà assez avancée, lorsqu'il crut s'apercevoir qu'Amélie était obsédée par son voisin. Un dernier mouvement assez brusque de la jeune fille ne laissa plus aucun doute dans l'esprit de Frédéric. Le feu de l'indignation lui monta au visage, et il allait éclater; mais il était doué d'une force d'hercule, il savait qu'il pouvait briser cet homme, s'il le voulait. Il se contenta d'ordonner au conducteur, d'un ton qui commande l'obéissance, de faire arrêter la voiture et d'ouvrir la portière ; étreignant alors d'une main de fer le bras de l'insolent, il le jeta vigoureusement sur le pavé.

Ceci est un avis aux jocondes de diligence et aux séducteurs de grande route.

Le commis-voyageur désapointé se hissa tout honteux sur l'impériale et prétexta une affaire indispensable pour s'arrêter au premier relai. Mais le père d'Amélie serra avec effusion la main de Frédéric et la jeune fille lui dit bien bas et en tremblant : je vous remercie, monsieur !

Débarrassée d'un importun, la conversation s'engagea plus vive et plus expansive. Des généralités et des pièces nouvelles, on passa aux confidences intimes et personnelles. Frédéric, bon et même naïf avec les gens qu'il aimait, raconta sa vie et ses malheurs, ses travaux et le relèvement de sa fortune, sa profession et ses espérances.

Il sut bientôt lui-même qu'Amélie avait vingt ans, que son père avait perdu sa femme depuis quelques années et qu'il se rendait pour raison de famille et d'affaires dans la même ville que lui et pour y résider. A cette nouvelle le cœur de Frédéric battit de joie et d'espoir, et il ne put s'empêcher de serrer doucement la main d'Amélie qui se trouvait précisément tout près de la sienne appuyée sur la portière de la voiture ; on ne répondit pas à ce tendre appel, mais il put saisir un long regard, où se peignait plus de tendresse que de colère.

Un regard décide souvent de la vie d'un homme. Celui d'Amélie descendit profondément au cœur de Frédéric et il jura de ne jamais aimer qu'elle. Vous verrez s'il tint parole pour peu que vous ayez le courage de lire la suite de cette histoire, qui n'est pas un conte.

Arrivés à leur destination, il avait bien fallu se séparer. Malheureusement les premiers soins, qu'avait exigés son installation au collége et les visites sans nombre qu'il avait dû faire, avaient empêché jusqu'ici Frédéric de se procurer sur Amélie et sa famille les renseignemens qu'il désirait si ardemment. Il n'avait pas même encore pu découvrir où demeurait celle qu'il aimait plus que la vie. Seulement une fois à la promenade il l'avait aperçue ; mais elle était entourée de personnes étrangères, son père non plus que ses sœurs ne l'accompagnait, il n'avait osé l'aborder; leurs regards s'étaient échangés, voilà tout.

Un soir cependant aux allées de *Tourny*, il avait pu lui parler; une chaise s'était trouvée vacante près de la sienne, Frédéric s'en était emparé et il fut assez heureux pour trouver le moment de lui adresser quelques paroles à la dérobée : Mademoiselle, lui avait-il dit avec sa franchise ordinaire, je vous aime! Pourquoi me tairai-je plus long-tems? ce serait indigne d'un honnête homme. Je désire me présenter à monsieur votre père et obtenir de lui la permission de vous voir, le voulez-vous?

— C'est impossible! s'était écriée Amélie avec effroi. Oh! monsieur, je vous en conjure, renoncez à votre projet! Et s'étant levée précipitamment elle avait entraîné les personnes qui l'accompagnaient et lui avait échappé.

Cependant une larme avait brillé dans ses yeux, et ses yeux exprimaient l'amour le plus tendre. Frédéric n'était pas un fat, mais il ne pouvait s'y tromper, il était aimé.

Quel est donc ce mystère, se disait-il alors? Pourquoi refuse-t-elle de me recevoir? j'ai sans doute un rival! son père veut forcer son choix et lui imposer un époux..... mais elle me l'aurait dit.... Qu'est-ce donc? Et le bon Frédéric était plongé dans une incertitude cruelle, qui désolait son âme.

Il fallait sortir de cet état d'angoisse, qui torturait son pauvre cœur de philosophe; il fallait à tout prix revoir Amélie et obtenir d'elle une explication. Il pensa tout-à-coup qu'en fréquentant les endroits publics, les théâtres, il parviendrait peut-être à la rencontrer et à lier connaissance avec son père. Son parti fut pris aussitôt, il courut chez son ami.

— Paul, je viens te chercher ce soir pour aller au spectacle.

— Pas possible ! s'écria Paul en sautant dans sa chambre et en exécutant de superbes entrechats. Te voilà donc converti ! je devais aller à une soirée magnifique chez un gros armateur des *Chartrons*, mais je t'en fais le sacrifice! Enfoncé l'armateur ! d'ailleurs Olivia danse ce soir ; tu la verras, et *soudain tu l'aimeras*, dit-il en fredonnant!

Frédéric hocha la tête tristement ; Paul était prêt, ils partirent. On donnait ce soir-là au grand théâtre *le Pré aux Clercs* et un ballet nouveau. L'opéra fut bien rendu. Frédéric vivement ému par la délicieuse musique *d'Hérold*, se laissait doucement aller à ses émotions ; cependant un vague pressentiment l'oppressait, mais il attribuait cette gêne de son âme au chagrin de ne pas apercevoir Amélie, qu'il cherchait en vain dans toutes les loges.

L'opéra s'achève et bientôt le ballet commence. Après quelques passes préliminaires des comparses, un murmure flatteur annonce d'avance l'entrée du *premier sujet*, de la Bayadère chérie du public. Olivia paraît, un tonnerre de bravos accueille ses premiers pas ; ses pieds quittent la terre, elle ne danse plus, elle vole ! C'est un oiseau, c'est une sylphide ! Les spectateurs subjugués sont dans un énivrement extatique ; un silence absolu règne par toute la salle, où l'on entendrait un insecte bruire. Mais ce moment de calme et d'extase ne dura que quelques secondes ; une scène inouïe au théâtre se prépare. Un homme exaspéré, hors de lui-même se lève du balcon où il était assis, et entraîné par un mouvement électrique, il se penche sur le devant de la scène en s'écriant : Malheureuse Amélie !

A ce cri, la danseuse reste clouée sur les planches ; on dirait qu'un dieu invisible est venu couper les ailes de la pauvre sylphide. Bientôt elle tombe à moitié évanouie dans les bras de ses compagnes, on l'entraîne dans les coulisses et le ballet est interrompu. Un tapage infernal s'élève alors de tous côtés ; on n'entend plus que les cris : Olivia! Olivia!

C'est scandaleux ! Des excuses ! Le directeur ! Le commissaire de police ! Des excuses !.... Olivia ne reparut plus et la force armée fut obligée de faire évacuer la salle.

Cependant qu'était devenu Frédéric ? car vous l'avez déjà reconnu, lecteur, comme l'auteur de tout ce scandale. C'est en vain que Paul avait voulu le calmer et le retenir, il lui était échappé et se frayant par force un passage, il avait pénétré sur le théâtre et de là jusqu'à la loge d'Olivia ; mais elle était déjà partie. Il s'informa de sa demeure et toujours poussé par une puissance indicible, il arriva chez la danseuse avant que Paul eût pu le rejoindre.

Il fut reçu par le père d'Olivia : — Je sais tout, monsieur, lui dit le vieillard avec abattement, ma fille m'a tout avoué, jusqu'à son malheureux amour pour vous !

Frédéric fit un mouvement et voulut parler, le vieillard l'arrêta.

— Écoutez-moi, Monsieur, poursuivit-il ! je ne veux point vous parler des sentimens que vous avez su, pour notre malheur, inspirer à ma fille ; que peut vous faire l'amour d'une pauvre femme de sa condition ? Mais je veux vous prouver qu'elle est digne de l'estime d'un honnête homme. Recevez, Monsieur, puisque les circonstances l'ont ordonné ainsi, une confidence que je n'ai encore faite à personne : Je suis avocat, j'ai long-tems exercé ma profession avec honneur au barreau de.... Mais je devins vieux ; je n'avais pas de patrimoine et une nombreuse famille, à laquelle j'avais fait donner une brillante éducation, ne m'avait pas permis d'amasser de la fortune dans mon état. La misère arrivait avec la vieillesse, et l'idée la plus poignante pour mon cœur était celle des privations que mes enfans allaient souffrir. Amélie était l'aînée de mes filles ; c'était une enfant pétrie de grâces et douée d'une légéreté et d'une souplesse admirables. Je lui avais donné un maître de danse italien et enthousiaste de son art, qui poussa les exercices de ma fille en ce genre peut-être plus loin que je n'aurais dû le permettre. Que vous dirai-je? L'idée me vint de lancer Amélie sur le théâtre ; c'était une porte de salut pour tous ! Ma fille annonçait des dispositions vraiment remarquables ; elle avait alors treize ans, je la conduisis à Paris, où elle reçut les leçons des professeurs et des artistes les plus distingués de la capitale, et trois ans après elle était en état de paraître en public. Alors je ne lui cachai rien : je lui appris ma position, l'avenir qui nous menaçait, les espérances que j'avais fondées sur elle. Amélie se jeta dans mes bras en s'écriant qu'elle consentait à tout, pourvu que sa mère et moi nous ne la quittassions jamais, et elle fondit en larmes Cette scène attendrissante ébranla ma volonté ; je voulais renoncer à mes projets, mais Amélie n'y consentit pas. Elle avait essuyé ses pleurs, la pauvre enfant! et pleine de dévouement et de résolution, elle me dit : « Je suivrai ma destinée, je paraîtrai sur le théâtre! » Que vous apprendrai-je de plus? Amélie débuta un mois après sur le théâtre de Marseille sous le nom d'Olivia; elle y obtint un grand succès et depuis quatre ans nous parcourons ainsi les provinces. Mais ma fille n'a jamais cessé d'être un modèle de piété filiale et, dans ce sentiment qui fut toujours sa sauvegarde, elle puisa, Monsieur, le principe de toutes les vertus !

Le visage de Frédéric, qui, pendant tout le tems qu'avait duré le récit du vieillard, avait conservé une teinte sombre et rembrunie, reprit un peu de sérénité à ces dernières paroles.

—Mais après le scandale d'hier, ajouta le père d'Amélie, comment ma fille pourra-t-elle reparaître devant le public? La pauvre enfant, elle mourra de honte! Et le vieillard, ne pouvant plus retenir ses pleurs, donna un libre cours à sa douleur et à ses sanglots.

—Il ne faut plus qu'elle y reparaisse, s'écria Frédéric en se levant brusquement! Il faut rompre son engagement,

Monsieur! et il se promenait à grands pas dans une agitation extrême.

— Rompre son engagement, c'est impossible! Il y a un dédit de dix mille francs!

— Un dédit reprit Frédéric! Dix mille francs! Ce n'est pas un obstacle. Où demeure le directeur?

— Au théâtre ..... Mais les autorités de la ville voudront intervenir dans cette affaire.

— J'arrangerai tout, je me charge de tout, soyez tranquille! Et n'écoutant plus rien, Frédéric s'élança d'un bond dans la rue.

Il courut chez le directeur. La nuit n'était pas encore très-avancée; le spectacle, interrompu par l'esclandre de Frédéric, avait fini de bonne heure. Il trouva le directeur à son bureau, rédigeant une plainte contre Olivia et son père.
— Monsieur, dit-il en entrant, Mademoiselle Olivia rompt son engagement, elle quitte le théâtre et je viens de sa part payer les dix mille francs de dédit convenus.

— Mais, Monsieur!... Frédéric prit une plume et du papier et se mit à écrire sans lui répondre : — Tenez, ajouta-t-il, voici un bon sur l'un des premiers banquiers de Bordeaux et ma signature vous apprendra qui je suis.

— Je vous connais, Monsieur, dit le directeur, et je n'ai aucune crainte — Mais le public!

— Cela me regarde, répondit Frédéric Finissons-en, je vous prie. L'engagement d'Olivia!

Le directeur vit d'un coup-d'œil qu'il avait affaire à un homme ferme et déterminé, sur lequel il ne gagnerait rien. Il tira donc d'un carton l'engagement d'Olivia et il le remit à Frédéric. Maître de ce précieux papier, notre philosophe sortit tout triomphant et revint aussi vite que l'éclair chez le père d'Amélie.

— Eh bien...? dit le vieillard du plus loin qu'il l'aperçut

— Votre fille est libre, voici son engagement!

— C'est donc une affaire arrangée?

Frédéric répondit par un signe de tête. Il se fit alors un moment de silence. Puis Frédéric s'avançant gravement vers le vieillard, lui dit : maintenant, Monsieur, votre volonté est-elle que votre fille ne reparaisse plus jamais sur le théâtre?

— Qu'on lui sauve la honte qui l'attend demain, et je consens à tout !

— Je réponds sur ma tête qu'il ne sera fait aucun outrage à votre fille. Qui oserait injurier celle qui porterait mon nom? Monsieur, je vous demande la main d'Amélie !

Le bonhomme pensa suffoquer d'étonnement et tomber à la renverse de joie et de bonheur. Il ne pouvait parler, mais il pressait vivement la main de Frédéric, comme il l'avait déjà fait en diligence.

Une porte s'ouvrit aussitôt, et Amélie vint se précipiter dans les bras de Frédéric. Elle ne pouvait non plus trouver une parole, mais elle se pressait tendrement sur le cœur de son ami.

— Chère Amélie, dit-il, et il la baisa chastement sur le front.

Le lendemain de ce jour fortuné arriva. Ce soir-là toute la ville courut au théâtre; il devait y avoir un grand scandale, aussi la foule était-elle nombreuse. L'affiche annonçait le ballet de *Manon Lescaut;* c'était le triomphe d'Olivia. Il faudra bien qu'elle paraisse et que nous ayons satisfaction, disait le public. Mais au lever du rideau, le directeur se présenta et, après le triple salut d'usage, il s'avança sur le devant de la scène et dit d'une voix grave : « Messieurs,
» Mademoiselle Olivia ne fait plus partie de la troupe d'o-
» péra ; à partir de ce jour elle cesse d'être comédienne, et
» *d'après des ordres supérieurs*, ajouta-t-il en appuyant
» sur ces derniers mots, son engagement lui a été rendu.
» Mademoiselle Julia remplira à sa place le rôle de Manon
» Lescaut. »

Et tous les spectateurs ébahis et désappointés ne trouvè-
rent rien de mieux à faire que d'applaudir à tout rompre.
Ainsi se termina cette grande affaire, qui fit tant de bruit
au théâtre de Bordeaux et dont on s'entretint si long-tems
dans les loges et au foyer.

Un mois plus tard, Frédéric qui venait d'être nommé
inspecteur de l'Académie, partit pour Paris avec *sa femme*,
la charmante Amélie, dont la tendresse pour son époux fut
égale au généreux dévouement qu'elle avait montré pour sa
famille. Paul les suivit dans la capitale ; il avait conçu pour
Frédéric et sa femme une amitié à toute épreuve, qui ne
s'altéra jamais, il ne voulait pas se séparer de ses amis. Loin
du théâtre de ses folies, il régla sa conduite et finit par con-
tracter aussi une heureuse union.

— Eh bien ! disait-il souvent à Frédéric, ne t'avais-je pas
bien dit que je deviendrais l'ami d'*Olivia*, et qu'elle seule
me ramènerait à la sagesse? A t'en croire, je devais la mépriser, l'abandonner ! Une femme de sa condition ne pouvait procurer le bonheur! mais j'étais plus sage que le philosophe austère, et je savais bien que celle qui possédait
de si beaux yeux, rendrait heureux l'homme qui parviendrait à lui plaire.

— Que veux-tu ? répondait Frédéric en lui tendant la
main, j'ai été bien heureusement trompé! mais permets-moi,
ajoutait-il en souriant, de te répondre en professeur par cet
aphorisme grammatical :

L'exception prouve la règle.

Un Duel.

ANECDOTE BACHIQUE.

Il y a vin de Champagne et vin de Champagne, comme il y a fagots et fagots. Tournure d'idée assez commune, j'en conviens, mais vérité universelle.

Le fait est qu'il y a quelques années on buvait, ou l'on *sablait*, comme disaient les anciens, depuis fort long-tems du Champagne mousseux, mais ce n'était que du bon gros Champagne classique, qui sautait et moussait par devoir et non par enthousiasme.

Survint un homme éminemment artiste, grandement philosophe et profondément philanthrope.

Il conçut la vaste idée de faire une révolution dans les vins de Champagne comme quelques cerveaux brûlés en font dans les gouvernemens. Idée immense par ses conséquences et les résultats obtenus! Eh!... mes amis, avouons-le : sans vouloir ravaler l'espèce humaine, ne faut-il pas en convenir? que d'élans sublimes n'avons-nous pas éprouvés à la suite d'un banquet joyeux où le vin de Champagne avait exalté nos cervelles autant que notre cœur? que de propositions philanthropiques, qui nous auraient trouvés froids et réservés avant dîner, ont été accueillies avec transports et acclamations à la suite d'une folle orgie? Toute triviale et peu flatteuse que soit cette vérité, on peut, si l'on est franc, se demander à soi-même, en forme d'aphorisme : *L'homme à jeun n'est-il pas légèrement égoïste?* Oui, mais sitôt que son estomac est satisfait, sitôt que la liqueur des dieux coule dans ses veines, la riante couleur du vin, comme dit Lantara, prête son charme à toute la nature et le rend l'ami de tout le genre humain.

Or, pour en revenir à notre grand révolutionnaire, il avait compris cette idée éminemment sociale que, par le jus de la treille, — style de chanson bachique, — on pouvait propager l'amour du prochain, il ne s'agissait que de récolter de bon vin et de le répandre à grands flots, par mille canaux divers, dans toutes les classes de la société.

Voici donc ce qu'il fit....

Avant tout je dois, il me semble, en dépit de ce vieux proverbe populaire qu'*à bon vin il ne faut pas d'enseigne*, vous faire connaître le nom de ce grand philantrophe. Vous avez deviné d'avance que je vais vous nommer St.-Charles!

Ah! c'est qu'il fait beau de voir ses gràcieuses manières et la noble assurance qu'il met à faire sauter le liège long-tems comprimé d'un flacon de *vin mousseux!* avec quelle facilité il retient sous son large pouce la mousse écumante ou la laisse échapper en jets bouillonneux, quand il lui plait!

avec quel à propos il sait au milieu d'un repas raconter une anecdote grave ou plaisante suivant les circonstances! Il nous conta dernièrement à la suite d'un dîner une anecdote bachique, qui tient vraiment du prodige et dont un de ses amis sut se tirer à sa grande gloire. Il faut que je vous dise cela; tant mieux, si ça vous amuse. Pour ne pas mettre de froid dans mon récit, je laisserai parler St.-Charles lui-même avec son style pittoresque.

« La scène, que je vais vous narrer, nous dit-il, se passa il y a quelques années à Valenciennes, et celui qui en fut le héros s'appelait Edouard; il était mon ami. Edouard, doué d'une force physique extraordinaire, possédait aussi un esprit fort agréable; il l'avait encore embelli dans la société intime des artistes, vers lesquels il était entraîné par un penchant irrésistible. Aussi il n'arrivait pas dans sa province une seule troupe lyrique ou dramatique, même de troisième ordre, qui ne trouvât dans Edouard un ami tout fait, un cicerone éclairé, un valeureux convive. Il ne tenait pas au genre, pourvu que l'on fut artiste: Thalie était accueillie aussi bien que Melpomène, Euterpe comme Therpsicore, qui toutefois se montrait plus rarement dans ces parages.

» Cette fois la renommée aux cent voix avait annoncé une troupe d'opéra comme jusqu'alors à Valenciennes on n'en avait vu guère, il paraît même qu'on n'en avait pas vu encore de cette force-là. Soprano, Baryton, Basse, Dugazon, première et forte chanteuse, tout cela chantait, jouait, mimait par excellence. Mais la perle de la troupe c'était, sans contredit, la première chanteuse, véritable rossignol ou fauvette, comme vous le voudrez.

» A part la plaisanterie, il paraît qu'*Amanda* était réellement une charmante personne. Actrice parfaite à la scène, admirable chanteuse pour la province; et, dans la vie privée, douce et agréable femme, bon cœur et grâcieuses manières d'artiste.

» Vous vous doutez déjà qu'Edouard en est amoureux ; il l'aimait en effet comme un fou et d'autant mieux qu'il n'en avait encore rien obtenu. Malheureusement pour lui une formidable basse-taille, vigoureux et beau garçon ainsi qu'excellent chanteur, redoutable concurrent en un mot, rendait également ses hommages à la même divinité. Il n'était pas plus avancé qu'Edouard, pourquoi son amour était une fureur et sa jalousie l'emportait quelquefois aussi loin qu'Othello ; c'était son emploi.

» Bref, un soir après le rideau baissé, Edouard reconduisait à sa loge la belle Amanda et sur le seuil de ce temple des amours, dont l'entrée lui était encore fermée, il obtint cependant l'insigne faveur de déposer un baiser brûlant sur une main blanche et potelée, qu'on n'avait pas la force de lui retirer.

» La jalouse basse-taille, qui s'était douté de quelque chose, sans prendre le tems de se débarrasser d'un costume de marquis, qu'il portait dans la pièce qui venait de finir, avait suivi à pas de loup notre couple amoureux. A la vue et au bruit surtout du chaleureux baiser reçu par l'objet de sa flamme, sa rage ne connaît plus de frein, hors de lui, il tire sa rapière et veut en percer Edouard de part en part.

» Vraiment c'eut été dommage !

» Mais Edouard par un mouvement aussi hardi que rapide saisit le glaive meurtrier et le brise dans ses mains de fer. Voilà deux hommes, qui sont de taille à se mesurer ensemble !

» Des arrangemens sont pris pour un duel qui doit avoir lieu à la pointe du jour. Car, voyez-vous, Edouard ne refuse jamais une partie d'honneur malgré l'immense désavantage que lui donne sa puissante corpulence. Il en est quitte pour faire, comme Désessart, un rond sur son ventre et tous les coups, qui portent hors du rond, ne comptent pas.

» Cependant la troupe entière accourut au bruit de leur démêlé et sépara ces fiers rivaux.

— » Tiens! dit le comique, vous êtes encore fameusement drôles, vous autres, pour des artistes, de vous battre parce que vous nourrissez les mêmes feux, c'est-à-dire que vous aimez la même femme. On ne se bat pas pour cela. On fait un pari, et celui qui perd cède le pas et fait place à l'autre.

— » Bien dit, Charlet! s'écrie toute la troupe; il ne faut pas qu'ils se battent.

— » Ils ne se batteront pas, dit le directeur. Il faut au contraire qu'ils s'embrassent, ajouta-t-il dans l'intérêt de la discipline, et pour sceller leur réconciliation, je paye ce soir à souper à tout le monde. C'était un directeur très-généreux et il avait fait ce jour-là une excellente recette.

» On s'embrasse, on se rend à l'hôtel *du Canard* tout près de la comédie, on s'attable; tout le monde est réuni à l'exception de la charmante Amanda, dont le rôle par décence est pour cette fois celui de la belle Hélène dans cette scène toute neuve d'une nouvelle guerre de Troye.

» Achille et Hector sont en présence!

— » Que vont-ils parier, se demande-t-on de toute part?

— » Eh! bien, dit en prenant le dessus en fausset ce farceur de comique, qui n'avait que des idées facétieuses, tu nous as toujours vanté ta force à boire, Polydore, — il s'adressait à la basse-taille, — voici le moment des épreuves. Edouard est de force à te tenir tête; que celui de vous deux, qui conservera sa raison et la fera perdre à l'autre, soit proclamé vainqueur!

— » Bravo! s'écria-t-on en chorus.

— » J'accepte, dit Edouard; et son visage s'empourpra d'une noble rougeur.

— » *Non, non, je ne re cu le rai pas*, répondit Polydore en récitatif.

» Cette joyeuse saillie met tout le monde en train. Deux

bouteilles de Champagne sont apportées. Sans se donner la peine de déboucher la sienne, Edouard d'un énergique coup de couteau adroitement frappé coupe le verre et vide le flacon sans laisser s'échapper une seule goutte de mousse. A cet acte remarquable de force et d'audace, la basse-taille ne peut s'empêcher de pâlir et un léger frissonnement nerveux parcourt tous ses membres. Cependant, intrépide, il imite son adversaire et le fluide vineux et pétillant descend à grands flots dans les abîmes de son vaste abdomen. On double la dose; quatre bouteilles sont apportées et les flûtes en forme de cône renversé sont placées devant les deux champions. Cette seconde libation se fait verre à verre mais vivement et avec gaieté. Quatre autres sœurs, holocaustes innocens encore, mais bientôt terribles après être immolés, succèdent aux six premières. Cette fois l'offrande à Bacchus s'achève péniblement, la victoire est encore incertaine, deux dernières victimes sont offertes. Le bouchon part, quelques verres sont remplis et vidés, mais les sacrificateurs sont forcés de reprendre haleine. L'assemblée s'était mise à l'unisson, on avait bu en les voyant boire, les têtes étaient au plus haut degré d'exaltation, on pariait pour, on pariait contre, on ne s'entendait plus. Une maligne soubrette, qui *en tenait* pour Edouard, profita de la bagarre pour introduire, sans être vue, un grand verre de rhum dans la bouteille à demi-pleine, qui se trouvait devant Polidore. Ce trait d'astuce, suggéré par l'amour même, sauva notre ami. Il allait achever le dernier verre de sa sixième bouteille, par un dernier effort il se lève fièrement et d'une voix sonore il propose un *toast* aux trois Grâces. — A cette époque on portait des toast de ce genre là. — Tout le monde l'avait imité, on se tenait debout : on se compte, il en manque un à l'appel..... hélas! Polydore avait roulé sous la table, où il ronflait en grosses notes, accablé, vaincu par l'ivresse et le sommeil.

« Edouard fut proclamé vainqueur. Il continua un si beau triomphe et obtint bientôt l'amour de la belle Amanda ; malheureusement le cœur de l'enchanteresse était trop sensible pour ne pas être un peu léger. Edouard fut remplacé par un autre, qui valait moins que lui sans doute ; il eut l'esprit de s'en consoler. »

C'est ainsi que notre ami égaye toujours nos banquets intimes par le récit d'anecdotes neuves et curieuses, qu'il raconte avec charme et dont plus d'une, à coup sûr, mériterait les honneurs de la publicité et de l'impression.

Mais je m'aperçois que j'ai oublié de vous faire connaître ce qu'il fait pour récolter de bon vin. Ma foi ! la vérité est que je n'en sais rien. Tout ce que je puis vous dire, c'est que son champagne est succulent et joyeux et qu'il a l'immense avantage, parce qu'il n'est pas destiné à aller en Russie, de valoir celui de madame Cliquot de Rheims et de de ne pas coûter si cher.

Un Divorce.

Quand j'habitais Paris.... — Je vous demande bien pardon en vérité, mes chers lecteurs, de toujours employer cette même introduction lorsque j'ai quelque narration à vous faire; mais que voulez-vous? Depuis que je suis en province, il ne m'est rien arrivé qui fût digne d'être raconté, rien qui méritât les honneurs de l'impression; car, vous le savez comme moi, hommes estimables et chers compatriotes d'adoption, vous le savez, tout ici se déroule et se passe avec une régularité, — j'allais dire avec une monotonie; — désespérante pour les âmes avides d'émotions fortes et impré-

pérante pour les âmes vides d'émotions fortes et impré-
vues. Si ce n'est le *comfort* d'une vie aisée, moëlleuse et
paisible, si ce n'est l'apparition soudaine et passagère de
de quelques artistes fameux de la capitale, si ce n'est la lecture quotidienne d'une vingtaine de journaux, notre existence, ô bons et candides flamands que nous sommes, ne
ressemblerait-elle pas un peu à celle de ces petits animaux
farouches, si communs dans les montagnes de la Savoie....
Mais, excusez-moi, je tombe dans l'ingratitude! Et la simple et touchante hospitalité flamande! Et les délicieuses
réunions de famille! Et les franches causeries du soir près
de la douce chaleur de la houille, qui brûle et qui pétille!
Oh! les causeries du soir!....

— Il y a compensation! dirait M. Azaïs.

— Tout est pour le mieux dans le meilleur des mondes!
se serait écrié cet autre profond philosophe.

Or, nous en reviendrons à Paris, si vous le voulez-bien,
et, d'un seul trait de plume, nous franchirons, s'il vous
plaît, quarante-neuf lieues de poste et deux degrés et demi
de latitude.

Quand j'habitais Paris, j'avais dans Mme Pauline Deg....
une amie véritable, dont l'intimité me fut bien douce et
l'expérience bien utile. Cette dame avait beaucoup vu,
beaucoup étudié les hommes et les choses, et beaucoup
aimé surtout, aussi savait-elle beaucoup et était-elle de précieux conseil. Que de cruelles déceptions, que de regrets
poignans m'épargna sa prudence et que je lui dois de reconnaissance pour son amour de mère, pour ses conseils de
sœur!

Elle m'avait voué une amitié qui ne s'est jamais démen-
tie, et voici pourquoi: j'étais dans la même pension que son
fils. Moi, grand et fort, rhétoricien, j'étais une autorité, une
puissance! Charles au contraire commençait ses études;
pauvre petit, chétif mais brave, il n'avait que de la résigna-

tion à opposer aux moqueries et aux brusques rebuffades de ses camarades. Plus d'une fois je le vis pleurer, et Charles ne pleurait pas comme un autre : il y avait de la dignité dans son désespoir d'enfant! Je compris alors tout le prix de la force et du pouvoir et je prêtai à Charles un appui qui ne lui fut pas inutile, car dès ce moment il fut respecté et chéri de tous. Il parla de moi à sa mère, elle voulut me voir, je reçus d'elle une invitation à dîner, j'y allai et depuis lors je devins l'enfant de la maison.

En échange de l'appui prêté à son fils, Mme Pauline Deg.... me rendit, pour mes premiers pas dans le monde si difficiles à diriger, une protection d'ange tutélaire. Oh! qu'il y a de puissance et de bienfaits dans la protection d'une femme!

Au sortir du collége, elle me guida dans le choix d'une maîtresse et m'apprit d'excellentes choses sur l'esprit et le cœur des femmes. Sa conversation était si attachante que je sacrifiai plus d'une fois d'attrayantes parties de plaisir, voire des rendez-vous, pour aller me rafraîchir, me retremper, pour ainsi dire, dans ses doux entretiens. Mais il faisait si bon d'être assis sur un moëlleux divan près d'un foyer vif et ardent, dans sa chambre si élégante et si purement décorée, où tout respirait le luxe enivrant d'une petite maîtresse, et de l'entendre raconter quelques particularités extraordinaires de sa vie, quelques scènes fortes et neuves, dont elle avait rempli le principal rôle. Sa beauté, ses grâces et son esprit avaient fait l'ornement des plus brillantes réunions de l'empire; elle aurait pu prendre aussi le titre de contemporaine et écrire ses mémoires.

Un soir, — c'était dans tout le commencement de notre liaison, — je lui demandai si elle n'avait jamais été mariée. — Je savais qu'elle ne portait pas son véritable nom. — Cette question, toute naturelle qu'elle fût, la fit néanmoins tressaillir; elle, qui était si maîtresse d'elle-même! Je

compris alors qu'il y avait là un mystère, un roman tout
entier, un drame, un délicieux récit à savourer : je la priai
de ne rien me cacher ; je fus pressant, elle commença en
ces termes :

A vingt ans j'étais jolie comme les amours et je le savais,
non pas tant parce qu'on me l'avait dit et répété plus de
mille fois, mais parce que je consultais souvent mon miroir
et que je comprenais bien que mon miroir ne mentait pas.
J'avais reçu une belle éducation, ma famille était riche,
j'étais en un mot ce qu'on appelle un brillant parti. Aussi les
demandes en mariage et les déclarations ne me manquaient
pas. Oh ! les déclarations ! j'en étais horriblement fatiguée.
A cette époque on en était encore là et c'était malheur ! car,
voyez-vous, mon jeune ami, rien n'est plus fastidieux, *rien
n'est plus fade*, ni plus *désenchanteur* pour nous autres
pauvres femmes qu'une déclaration ! Aujourd'hui la civili-
sation s'est aussi perfectionnée sur ce point. Un mot, un
regard suffit pour connaître si l'on se convient et tout est dit :

Comme toutes les jeunes filles qui n'ont pas *un sentiment*, je fus lente à me décider, je voulais choisir. Mon
choix tomba sur M. Desl....., c'était le fils d'un des plus
riches banquiers de la cour. Homme probe et de mœurs sé-
vères, laborieux et assidu, Desl.. . dirigeait seul la maison
de son père, bien qu'il n'eut que vingt-cinq ans. J'avais,
lorsqu'il me demanda en mariage, peu d'amour pour M.
Desl. ... Mais ses qualités solides m'étaient une garantie de
bonheur pour l'avenir et je me parlais déjà raison.

Desl..... m'adorait. Nous fûmes unis.

Son seul bonheur, sa seule ambition était d'amasser de
grands biens pour offrir à sa femme toutes les joies de ce
monde. Pouvais-je lui refuser mon affection en retour de
tant de dévouement ? Oh ! non ! aussi l'aimai-je bien sincèrement ! Et je lui jurai une fidélité à toute épreuve.

— Ici, je ne pus retenir un léger sourire.

— Ne riez pas, dit-elle ; ne riez pas ! Jamais les femmes, que vous calomniez tant, ne manqueraient à leurs sermens, si les hommes n'oubliaient pas si vîte et si souvent les leurs.

— Hume ! fis-je. — Elle continua :

— Mon mari, absorbé dans ses occupations, ne pouvait me conduire dans le monde et j'aimais le plaisir. Tout s'arrangea, Desl..... n'était pas jaloux, il me laissait la plus grande liberté et sous le *chaperonnage* de la baronne de Surd.... ma sœur, plus âgée que moi de dix ans, je fréquentai tout ce qu'il y avait alors de mieux dans Paris.

Un an de félicité parfaite s'écoula ainsi bien rapidement. Toujours mêmes soins et même amour de la part de Desl... Alors le remords s'empara de mon cœur et je me fis un cas de conscience d'abandonner si souvent cet excellent homme ; je résolus d'aller moins dans le monde et je lui fis part de mon projet.

— Pourquoi, dit-il, t'imposer des privations ? tu es jeune, tu t'arranges de cette existence de bals et de concerts, ne retranche rien à tes habitudes ; car, tu le sais, je ne désire rien tant que de te savoir heureuse. Mais tiens ! mes affaires me laissent maintenant plus de repos et je t'accompagnerai quelquefois ; voici justement pour demain une invitation à un bal de la cour, je t'y conduirai moi-même.

— Oh ! qu'il est gentil ! m'écriai-je, en lui sautant au cou.

Un domestique entra et lui remit une lettre.

Desl...., en voyant l'adresse, parut troublé et je le vis qui lisait avec une émotion qui ne lui était pas ordinaire.

Je revins à lui : Qu'est-ce ? lui dis-je en me penchant sur son épaule.

— C'est fâcheux, dit-il en repliant vivement la lettre, c'est fâcheux ! Je ne pourrai t'accompagner à ce bal ! M. Rodier, ce banquier d'Amsterdam, tu sais, que j'attends de jour en jour, m'annonce son arrivée et me demande un rendez-vous justement pour demain au soir ; je ne puis le remettre ; il ne doit rester que deux jours à Paris et l'affaire sera longue à discuter ; toute la soirée suffira à peine...

— N'est-ce que cela ? lui dis-je en l'interrompant. Eh ! bien , mon ami , j'irai seule avec la baronne; cela m'est arrivé tant de fois !

Le lendemain j'allai aux Tuileries avec ma sœur ; nous étions accompagnées d'Ernest de Saint-Félix, notre cavalier ordinaire, notre cousin , qui me faisait la cour depuis mon enfance et des soins duquel nous nous amusions beaucoup ma sœur et moi et même mon mari. Cependant Desl.... avait peut-être tort, car Saint-Félix était un cavalier accompli.

Ce soir-là, pendant une contre-danse, Ernest, à travers la foule , me jeta ces mots à la tête : Ma cousine, votre mari vous trompe !

Je fus trop étourdie du coup pour pouvoir répondre; l'indignation m'ôtait d'ailleurs l'usage de la parole ; je lançai à Ernest un regard terrible, qui lui ferma la bouche durant le reste de cette contre-danse interminable.

— C'est pourtant vrai ! dit Ernest en me reconduisant à ma place ; et, dussiez-vous me haïr et me chasser, je vous dois la vérité. Pauline, vous le savez, ajouta-t-il avec exaltation, je vous aime et ne vous demande rien que la permission de vous aimer; Pauline, je ne suis pas un lâche ; pardonnez-moi de vous dire cela, mais croyez-moi , votre mari vous trompe !

— Pas un mot de plus sur ce sujet ! lui dis-je ; votre pardon est à cette condition.

— J'ai fait mon devoir, murmura-t-il tout bas.

Onze heures sonnaient à toutes les pendules. La baronne ne se trouvait pas bien et les paroles ridicules d'Ernest m'avaient gâté ma soirée. Partons, dis-je à ma sœur ! — Je le veux bien , répondit-elle en s'enveloppant de son cachemir.

Une voiture rapide nous entraîna des Tuileries à la rue Caumartin , où je demeurais. Il n'était qu'onze heures; la la baronne se trouvait mieux et proposait de surprendre Desl.... et de lui demander à souper. La politesse exigeait que j'invitasse Ernest ; je ne pouvais faire autrement sans donner des soupçons inutiles à ma sœur ou à mon mari.

Au moment où nous descendîmes de voiture, Germain, domestique attaché au service particulier de M. Desl....., s'élança de la loge du concierge en s'écriant d'un air effaré : Vous voilà, madame !

Ernest, qui m'aidait à descendre de voiture, me pressa vivement la main.

— Va, Germain, va mon garçon, dit la baronne, il ne nous est rien arrivé. Monte vite nous ouvrir.

M. Desl.... vint à nous d'un air troublé. — Déjà ! dit-il.

— L'exclamation est peu galante, repris-je en souriant.

Il pâlit !

En ce moment nous traversions le salon : un chapeau de femme négligemment jeté sur un fauteuil vint à frapper ma vue. Tout mon sang, mon ami, reflua vers mon cœur ! les paroles terribles d'Ernest se dessinèrent en traits de feu devant moi sur la muraille ! je me sentais défaillir ; je n'eus que le tems de me retenir au bras de Desl.... et du doigt je lui désignais le chapeau !

Mon mari était anéanti.

Quelle position était la sienne, grand Dieu ! Il me faisait pitié et je lui pardonnais presque en raison de ce que je lui voyais souffrir.

— Allez faire servir à souper, dit la baronne à Germain, qui éclairait cette scène.

Tout-à-coup une petite voix flûtée se fit entendre : Ne venez-vous pas mon cher? dit-on, et la porte de ma chambre s'ouvrit doucement.

— Louisa, la danseuse ! s'écria Ernest.

— Vous m'en ferez raison, M. de Saint-Félix ! dit M. Desl ... d'une voix étouffée.

Tant d'émotions en si peu d'instans me firent éprouver une commotion si violente que je tombai sans connaissance.

Le lendemain, le malheureux Ernest reçut une balle, qui lui traversa le cœur, et six mois plus tard un jugement admit la demande en divorce, que mon amour-propre de femme, blessé à mort, et l'indignation de ma famille m'avaient forcée de diriger contre M. Desl....

Ma famille s'était crue outragée personnellement et par ma propre injure et par la mort de mon cousin ; elle avait partout des amis ; ses démarches furent actives et puissantes, l'Empereur lui-même se mêla une minute de cette affaire. Desl.... succomba et notre séparation éternelle fut prononcée ! J'avais laissé faire, je me résignai.

Mon père mourut presqu'en tems même, laissant à ma sœur et à moi une assez belle fortune, et je devins ainsi *veuve* à vingt-deux ans avec vingt mille livres de rentes. Je changeai de nom et pris celui sous lequel vous me connaissez. Ma sœur aussi était libre et, avec un oncle, qui voulut bien nous accompagner, nous visitâmes la Suisse, l'Italie et l'Allemagne, et nous revînmes en France par la Hollande.

A mon retour j'appris que Desl.... faisait de mauvaises affaires ; il avait éprouvé des faillites, et il fut forcé d'aliéner ses biens pour satisfaire ses créanciers. Il paya, puis il s'expatria.

Quelques jours avant son départ de France, il m'écrivit cette singulière lettre que j'ai toujours conservée. Tenez, la voici, lisez :

— Madame Pauline Deg..... m'a permis alors, cher lecteur, de prendre copie de cette lettre, et je suis heureux de pouvoir aujourd'hui vous la transcrire telle qu'elle fut écrite, sans y changer un mot.

Boulogne-sur-Mer, le.... août 18..

« Pauline, je vous ai outragée ! votre injure est celle qu'une femme ne pardonne pas. Mais mon cœur n'est pas

coupable, il vous a toujours été fid.... mes sens m'ont
égaré, voilà tout! Je vous serais revenu, Pauline, je le savais, je vous serais revenu pour toujours, et un lâche nous
a désunis!

» Je l'ai puni! mais depuis ce jour la vie n'est plus pour
moi qu'une amère dérision!

» Je pars, je quitte la France, je ne vous reverrai plus,
mais j'ai une prière à vous faire : je vous sais si bonne et si
généreuse, Pauline, que je crains que vous ne pensiez encore quelquefois à moi. Au nom du ciel, oubliez-moi! Re-
poussez-moi de votre souvenir, car je vous ai outragée,
Pauline! Non, plus une pensée pour celui qui troubla vos
plus beaux jours! Un avenir brillant s'ouvre encore devant
vous : vous êtes belle et riche, jeune et libre, soyez heureuse! le ciel est juste, vous trouverez un cœur digne du
vôtre! »

« Mon pardon une fois! puis un oubli éternel! Un oubli
éternel, entendez-vous? Ne refusez pas cette grâce à celui
qui fut votre époux, à celui qui recueillit votre premier
amour, mais qui ne cherchera jamais à vous revoir.

» Je vous le jure! »

« A. Desl..... »

Et je n'entendis plus jamais parler de lui, ajouta madame
Deg.....

— Et vous l'avez oublié? lui demandai-je.

— O mon ami, comment l'aurai-je pu, reprit-elle? C'est
à lui que je dois le souvenir de mon unique année de bonheur pur et véritable.

— Voilà bien les femmes, m'écriai-je, toujours passion-
nées pour le romanesque! Et le père de votre Charles n'a-t-
il pas des droits plus chers à votre souvenir?

— J'adore mon fils, me dit-elle, mais tenez, mon ami,
ce n'est qu'un dépit qui m'a jetée dans les bras du duc de
Plaisance!

Des Tics moraux.

Quoi! de la Psycologie! moi, qui ne suis pas médecin! Je suis effrayé tout le premier du sujet que je viens de me choisir. Quelle tâche difficile ne m'imposé-je pas et comment m'en tirerai-je? Je n'en sais rien encore en vérité! C'est vous surtout, lecteur, qui me faites peur ; car d'ici je vous vois d'un signe de tête négatif proscrire mon œuvre à son début. Je vous vois rire de ce rire moqueur et dédaigneux, qu'excite l'annonce d'un concert d'amateurs, que provoque toujours une invitation à un dîner sans façon. Vous allez certainement rejeter bien loin de vous ce pauvre livret,

qui n'en peut mais, en vous écriant : Au diable l'imperti-
nent ! Je me passerai de feuilleton pour aujourd'hui !.... Et
vous aurez raison !....

Eh ! bien, non, vous n'aurez pas raison !.... Je ne suis
pas médecin, vous dis-je, je n'ai jamais observé le plus petit
phénomène médical, ainsi ce n'est pas un article de médecine que je veux vous écrire. Seulement j'éprouve le besoin
de vous faire constater *un fait* avec moi, de vous commu-
niquer une observation, qui a vivement frappé mon esprit.
Passez-moi cette *manie-là* et je vous promets, en dédom-
magement, de terminer ce chapitre, selon mon habitude,
par une petite histoire. Ainsi raffermissez-vous et prenez patience !

Or donc, j'ai observé, et comme moi, vous l'avez remar-
qué sans doute, que dès l'enfance les hommes ont des tics
physiques, auxquels un besoin instinctif les fait revenir
incessamment. Vous avez vu de petits garçons se mettre
continuellement les doigts dans le nez malgré toutes les
punitions dont on les menaçait, malgré toutes les cajoleries
et les bonbons qu'on pouvait leur promettre s'ils voulaient
se corriger. Il y a des petites filles, qui ont l'habitude de
tirer la langue et de faire des grimaces, ce qui est fort laid
parce que ça fait pleurer la bonne Vierge ; d'autres enfans
ont des habitudes bien autrement désagréables. Mais l'homme grandit et s'élève, le raisonnement se développe, et cependant les habitudes d'enfance se conservent, on en acquiert
même de nouvelles. Celui-ci cligne de l'œil, celui-là tourne
la bouche ; les uns gesticulent périodiquement dans tel ou
tel sens, les autres toussent ou crachent à des intervalles
donnés ; il en est qui, sitôt qu'ils vous accostent, s'atta-
chent au revers de votre habit.... Voilà les tics physiques !
— Première observation !

Nous ferons une halte ici, si vous le voulez bien, et vous
conviendrez que jusqu'à présent je ne vous ai dit que la
vérité.

— Vérité triviale! observation futile et qui ne peut mener à aucune conclusion, dites-vous !

— Permettez! Elle me conduit à vous présenter une seconde observation : C'est que, de même que le corps, l'âme a aussi ses habitudes, que j'appelerai *tics-moraux*, à défaut d'expression plus juste, et je développe ainsi ma proposition :

— Ah! c'est ici, lecteur, que je réclame toute votre attention, car je vais être obscur en diable, et, si vous n'y mettez une bonne volonté extrême, vous risquez de ne pas me comprendre.

Le tic moral, c'est une idée vive, spontanée, chimérique, qui s'empare de votre esprit au moment où il s'y attend le moins. Vous êtes bien portant, tout-à-coup la crainte d'une maladie prochaine vous saisit. Vous êtes riche, heureux, et voilà que subitement vous vous mettez à redouter l'approche d'un événement funeste qui, selon vous, ne peut manquer de vous atteindre !

Mais c'est une chimère, une folie !.... Vous rougissez de vous-même, vous vous accusez de lâcheté, vous voulez être fort, vous appelez à votre aide tous les secours de la raison... Vains efforts! l'idée est là, toujours-là! Tenace, impassible, moqueuse, elle se rit de vous et vous ne pouvez vous en détacher, tant vous prenez d'intérêt vous-même à l'approfondir, à la retourner sur toutes ses faces, à la nourrir dans votre esprit. Vous réchauffez un serpent dans votre sein!

C'est cet effet, cette imperfection de notre nature, que j'appelle tic moral. Ce phénomène se reproduit à l'infini dans chaque individu et sous mille formes différentes : les uns se croient malades de la poitrine et attendent chaque année, dans des angoisses indicibles, le retour de l'automne ; les autres nous assurent qu'ils mourront à tel âge, parce qu'ils ont un anévrisme au cœur. J'ai connu à Paris des étudians en médecine , qui craignaient d'avoir toutes les maladies qu'ils observaient et dont ils étudiaient les symptômes dans les hôpitaux , et cependant ils sont devenus des médecins distingués. C'est que les hommes les plus fermes et les plus instruits ne sauraient se soustraire à l'influence des tics moraux; c'est qu'il faut être insensé , c'est-à-dire avoir perdu la raison, ou être imbécille, c'est-à-dire n'en avoir jamais en, pour en être exempt. Disons donc que c'est là une imperfection de notre nature avec laquelle nous sommes obligés de vivre. Imperfection qu'il ne me suffit pas d'établir en théorie générale , mais que je pourrais prouver par une foule d'exemples particuliers.

Je suis parent d'un avocat distingué et dont le jugement égale la fermeté de caractère; eh! bien un jour il ouvrit machinalement un dictionnaire de médecine au mot *Obstructions*; il avait par malheur en ce moment un point de côté ; ne s'imagina-t-il pas qu'il était atteint d'une maladie de foie. Alors ce fut lecture sur lecture du redoutable article , consultation sur consultation.... Cela dura assez longtems ; depuis il a ri de sa folie , mais il avait eu un tic moral !

Je connais un spirituel et agréable écrivain de Valenciennes, dont vous lisez quelquefois les œuvres, qui , remplissant des fonctions publiques , avait toujours peur de commettre involontairement quelque faux, qui devait le conduire aux bagnes.... Tic moral !

Lord Byron craignait de devenir fou.

Jean-Jacques était tourmenté de l'idée qu'on en voulait à ses jours.

Quel est donc ce grand écrivain qui redoutait de mourir sur l'échafaud?

Napoléon avait aussi son idée fixe ; vous voyez bien , disait-il à un de ses officiers, qui lui faisait quelques observations sur la guerre de Russie , vous voyez cette étoile, c'est la mienne ! Ainsi ce grand génie avait attaché sa fortune à une étoile ! Ainsi cette âme ferme avait aussi son tic moral !

Moi qui ne suis ni grand poète, ni grand écrivain, ni grand général , j'ai, je le confesse, comme les autres, comme tout le monde, comme vous lecteur , ma pensée fixe , ma monomanie, mon *cauchemar en plein jour*. Il faut voir les combats à outrance que nous nous livrons corps à corps! quelle lutte terrible. Souvent il a le dessus , quelquefois je le terrasse ; c'est alors que je frappe fort et que je me venge. Je crois l'avoir exterminé, mis en pièces, anéanti pour toujours ! Il ne reviendra plus!.... Bah! le voilà qui rentre par la fenêtre et ce sont de nouveaux combats. D'où je conclus que c'est une pauvre nature que notre nature humaine !

Il ne faut cependant pas croire qu'il n'y ait point de terme ni aucun remède à ces affections morales. Les tics de l'âme, comme ceux du corps, s'usent par le tems ou se corrigent par la raison. Quelquefois une idée consolatrice, prompte comme l'éclair , aussi soudaine que le fut la pensée malfaisante, traverse votre esprit , vous voilà guéri. En d'autres tems , un ami adroit et dévoué , tout en feignant de flatter votre chimère, vous en débarrasse par quelque moyen heureux, que lui inspire son amitié : témoin l'histoire suivante, qui servira *de péroraison à mon discours*.

Il existait, dans je ne sais plus quelle ville, un monomane d'exemple extrêmement rare, on est forcé de l'avouer Cet homme, comme certain oncle de comédie, mangeait bien, buvait bien, dormait parfaitement, allait à la chasse, au spectacle, dans le monde, s'amusait de tout et partout, mais *il était malade*. Il avait une maladie de l'âme, un tic moral d'une espèce toute particulière et singulièrement bouffonne: il croyait avoir un jambon de Mayence au bout du nez.

Ses amis (et il en avait beaucoup, car il était riche et

traitait bien et souvent), avaient ri d'abord jusqu'aux larmes de cette monomanie, et s'en étaient fait un sujet inépuisable de bons mots et de plaisanteries. Mais lorsqu'on vit que la chose devenait sérieuse et que le monomane tenait bon, croyant toujours pousser son jambon devant lui, les rires se calmèrent, on finit par s'inquiéter : l'amphitryon n'avait qu'à tomber dans la mélancolie, adieu diners, adieu bons vins. On tint conseil : le pauvre homme! on y était si attaché, qu'il fallait absolument le guérir de sa vision. Tous les raisonnemens imaginables furent épuisés pour lui persuader qu'il rêvait en plein jour, qu'il n'était pas digne d'un esprit ferme et sage, d'une homme qui avait une si bonne cave, de nourrir une pareille chimère! c'était un enfantillage, une folie !.... Que sais-je? Eh bien! tous les efforts étaient inutiles, le jambon était toujours-là, rien ne pouvait l'enlever à l'imagination frappée du monomane.

Un jour, cependant, qu'il y avait un grand diner, chez lui, il descendit dans sa cuisine pour y donner le coup-d'œil du maître. Son cuisinier, homme habile en plus d'un genre, avait résolu de le guérir, mais jusqu'ici il n'avait pu en découvrir le moyen. Tout-à-coup un trait de lumière jaillit de son cerveau.

— Monsieur, dit-il à son maître d'un air dégagé et connaisseur, sans se déranger aucunement de ses fourneaux, monsieur, vous avez-là au bout du nez un bien beau jambon de Mayence, mais qui doit vous gêner beaucoup.

— Ah! tu le vois, s'écrie son maître avec une exclamation de surprise et de joie tout à la fois! Ah! tu le vois, toi! J'en étais bien sûr! Qu'est-ce qu'ils me disent donc là haut que je suis un visionnaire! un fou! Ah! les imposteurs, les faux amis!.... Tu le vois!

— Parbleu! monsieur, il est assez visible et, si vous le voulez, dans deux minutes, je vous aurai débarrassé de ce compagnon incommode.

— Parle, François, parle, mon bon François! que faut
il faire?

— Permettez!.... Asseyez-vous là!

— Jacques! cria le cuisinier à son aide, apporte-moi
mon grand *couteau-damas.*

— Comment, mon ami, que veut dire?....

— Demeurez, monsieur, c'est l'affaire d'une seconde.

— Et l'adroit cuisinier, approchant vivement du nez de
son maître le grand coutelas bien affilé, lui en enleva
fort lestement une légère parcelle. Un cri de douleur et
d'étonnement s'échappa de la poitrine du patient; mais
profitant de ce moment de trouble, l'habile opérateur saisit
à l'instant un superbe jambon de Mayence, qui était là pré-
paré pour le dîner, et, y adaptant subtilement le bout du
nez coupé, il le présente à son maître en lui disant : Tenez,
monsieur, voici votre ennemi, et pour vous en venger,
mangez-le tout-à-l'heure avec vos amis! Depuis ce jour,
notre monomane fut complètement guéri, et ce fut un des
hommes les plus gais et les plus agréables qu'on ait jamais
connu dans la ville de..... malgré le petit bout de nez qui
lui manquait.

Cependant comme en toutes choses il faut bien se garder
de charlatanisme, je vous préviens, lecteur, que je ne me
rends pas garant de l'authenticité de cette histoire.

Causerie intime.

A UN AMI !

Vous vous plaignez de mon silence, mon cher Anatole, mais pourquoi voulez-vous que je m'arrache à mes habitudes? Ne savez-vous pas que, comme vous, tout le jour, je suis attaché à la glèbe : moi les affaires, vous la politique! Comment trouver, dites-moi, un seul petit moment pour la littérature? Le soir! ah! le soir est à nous, j'en conviens; mais à ce moment, ma vie m'appartient et non plus aux autres, et, vous le savez, Anatole, j'aime à m'abandonner alors à ma nature paresseuse et lente, à me livrer au délicieux *far niente* et à me laisser aller doucement à nos longues jaseries. C'est tout au plus si j'ai assez de courage pour plier mon esprit au facétieux effort du calembourg. Comment donc alors écrire toute une histoire ?

Un poëte de nos contrées a dit : Le tems, que d'autres passent à l'écarté ou au billard, on peut bien le consacrer aux lettres, et il en est lui-même un exemple C'est bien ! mais moi, mon ami, ma petite partie du soir m'est abso-lument nécessaire. La partie de billard surtout! car, savez-vous bien, Anatole, que c'est une délicieuse chose que le billard ! non le billard tapageur de l'estaminet, ni le billard enfumé et querelleur de la tabagie, mais le billard coquet et bon enfant de la bonne compagnie, de la société intime. Quel plus récréatif passe-tems que celui d'agiter et de pour-suivre sur un tapis vert, qui ne doit d'ailleurs laisser aucun regret, ces trois boules d'ivoire, sœurs folâtres et rieuses, qui s'entrechoquent sans cesse, sans colère et sans haine et qu'on trouve toujours prêtes à recommencer ! Quel sémil-lant caquetage dans la *carambole!* quel chaleur dans le *bloqué* et que de grâce dans la course lente et savante du majestueux *doublé !* Et il faudrait se soustraire à ces agréa-bles séductions pour aller rimer de mauvais vers sans poé-sie ou compiler de la méchante prose empesée, vide de sens et de pensée! Non, mon cher Anatole. L'art me manque d'abord et peut-être aussi l'envie et le courage de faire. On fait trop bien à l'heure qu'il est. Qui ne sait pas écrire au-jourd'hui? Un écolier de seconde, après deux ou trois am-plifications, peut rédiger un feuilleton de neuf colonnes d'un seul jet et sans raturer un mot. Après cela, suez donc sang et eau pour faire de la *littérature facile!*

Mais enfin puisque j'ai pris la plume ce soir, il faut bien que mon cœur s'épanche encore cette fois et que je vous raconte quelque chose. C'est une bien merveilleuse histoire, je vous assure, et elle est vraie, mon bon Anatole, vous pouvez m'en croire.

Une belle Andalouse au cou de cygne et aux cheveux de jais, ce qui est rare, aux formes grâcieuses et fortement prononcées, ce qui est ordinaire chez les Espagnoles, la délicieuse Paquitta était entourée à Paris de plus de mille adorateurs, mais elle n'avait qu'un seul amant. Ce mortel privilégié, Alfred, était le plus parfait *dandy* que l'on pût voir. Fils d'un riche banquier de Paris, associé de son père, mais seulement pour puiser à la caisse, il avait plus de dix mille francs à dépenser par mois ; aussi dans les promenades au bois, ses chevaux étaient-ils les plus généralement admirés ; sa place était marquée à chaque balcon de tous les théâtres, ses costumes sortaient des meilleurs ateliers de la capitale, et personne n'excellait comme lui à faire et à porter le *nœud Byron*, il avait toujours une admirable cravate. Cependant il n'était pas aussi futile et aussi dénué d'âme qu'il pouvait le paraître. Il avait fait de bonnes études et possédait beaucoup d'esprit naturel ; s'il avait l'âme froide et le cœur léger, s'il était vaniteux, insouciant et avide de plaisirs, il ne manquait cependant pas de jugement et de pénétration, et, loin d'être égoïste, il fut souvent susceptible d'élans très-généreux.

Mais Paquitta, c'était tout l'opposé d'Alfred ; son âme, à elle, était de feu Elle était toute à son amour, toute à son amant, dans les bras duquel l'avait jetée très-jeune encore les malheurs et le hasard.

Leur union durait depuis long-tems. Alfred s'était habitué à faire parade dans tous les endroits publics de sa maîtresse, l'une des plus belles femmes de Paris ; sa vanité était satisfaite ; d'ailleurs il aimait Paquitta autant qu'il pouvait aimer. Elle, elle avait donné son cœur, c'était pour la vie. J'avais le bonheur d'être reçu dans l'intimité de ces deux personnes, et leur intérieur était vraiment délicieux, mon cher Anatole, car Alfred était un homme d'excellente compagnie, et sa maîtresse un ange. Aux yeux de tout le monde , cette union paraissait des mieux assorties ; mais moi , j'avais plus étudié leurs caractères, étant plus intime dans la maison , et puis peu à peu j'étais devenu éperduement amoureux de Paquitta ; or , les yeux d'un amant malheureux sont bien clairvoyans ! Cependant sans espoir , je desséchais d'amour près de Paquitta , et je me mourais d'envie à la vue du prodigieux bonheur d'Alfred. Mais c'est toujours comme ça , mon cher Anatole; les femmes qu'on adore le plus sont celles qui ne vous aiment jamais ! ô destinée !

Bientôt il me fallut quitter la société de ces amis et leur faire mes adieux pour long-tems ; une occasion d'établissement avantageux se présentait à moi loin de Paris , je n'avais pas assez de fortune pour rester sans rien faire , ma famille exigeait que je partisse , il fallait bien se résigner , et au fond je n'étais pas fâché moi-même de me détacher d'une séduction qui me minait sans me rendre heureux. — Je partis.

' Je restai environ trois ans absent. A mon retour , je courus chez Alfred ; son père était mort; lui, il était passé depuis long-tems en Angleterre. Paquitta ! on ne savait ce que je voulais dire. Triste et abattu , peu pressé de rentrer chez moi , et préférant respirer le grand air, je me promenais nonchalamment le long des boulevards , donnant un libre cours à mes pensées C'était le soir ; depuis une centaine de pas environ, une de ces femmes encore jeunes et bien mises, dont fourmillent toutes les promenades de Paris , paraissait me suivre et vouloir attirer mon attention ; je m'écartai, elle se rapprocha de moi, je ne pouvais plus m'y tromper, c'était bien à moi qu'elle en voulait la malheureuse !....

— Monsieur, dit-elle, d'une voix douce et étouffée!...... Grand Dieu ! quels accens !..... Par un mouvement plus prompt que la pensée , j'entraînai cette femme sous un réverbère, et à cette lueur pâle et vacillante, je reconnus ses traits!.... O mon cher Anatole! c'était elle, c'était Paquitta elle-même !

— Malheureuse! m'écriai-je, que faites-vous ici, seule à cette heure

Un léger cri s'échappa de sa poitrine, et je fus obligé de la retenir pour l'empêcher de tomber à la renverse sur le pavé; elle m'avait aussi reconnu. Revenue à elle, elle me saisit convulsivement la main et m'entraîna sans proférer une parole; je la suivais machinalement et dans d'indicibles angoisses. Nous arrivâmes bientôt, et sans avoir échangé un seul mot, à l'hôtel où elle avait sa demeure. Toujours en silence, elle me fit monter au troisième étage, ouvrit précipitamment la porte d'un petit appartement assez joliment meublé, et m'introduisit enfin dans sa chambre. Là se trouvait une élégante barcelonnette ornée d'une garniture fraîche et blanche.

— Voyez, me dit-elle en écartant vivement les rideaux, et elle me montrait du doigt une petite fille profondément endormie et jolie comme les amours. Oh! c'était une bien douce et délicieuse créature. Je relevai les yeux sur sa mère; son visage était baigné de pleurs. Elle était bien belle alors ! Ses joues pâles s'étaient ranimées du feu de l'amour maternel, et son front ne rougissait plus de honte. Succombant moi-même sous le poids de mon émotion, je tombai accablé sur un fauteuil, et je versai d'abondantes larmes.

Paquitta poussa un long et profond soupir; son âme était débarrassée d'un fardeau immense, elle avait compris que je ne la méprisais pas.

— Savez-vous, dit-elle après plus de dix minutes de silence, savez-vous ce que sont la misère et le spectacle déchirant d'un enfant qui a faim? Celui en qui j'avais mis toute ma vie, m'a abandonnée; je l'avais trop aimé pour lui donner un successeur. Je résolus de pourvoir moi-même à mes besoins et à ceux de mon enfant; avec quelques ressources qui me restaient, je formai un petit établissement de lingerie ; mais, sans expérience du commerce, il ne me fallut pas long-tems pour être tout-à-fait ruinée, et mes meubles furent vendus à l'encan. Je vécus quelque tems du travail de mes mains ; bientôt l'ouvrage manqua, ma fille avait froid et faim.....

— Assez, m'écriai-je, et Alfred ?

— De retour d'Angleterre, il a repris une maison de commerce, et il rétablit les débris de sa fortune ; mais j'ai juré de ne jamais le revoir.

—Bien, Paquitta, m'écriai-je ; mais où demeure-t-il ?

— Rue du Helder !

Et je me mis à descendre quatre à quatre les escaliers au risque de me rompre cent fois le cou. Me voilà dans la rue ; minuit sonnait. — Diable, c'est bien tard, on ne m'ouvrira pas chez Alfred ; mais à demain, à demain de grand matin !.... le lâche ! — Je rentrai chez moi et j'eus un cauchemar horrible toute la nuit.

Le lendemain je me levai dans un état d'irritation extrême ; mais à sept heures précises j'entrais chez l'amant de Paquitta.

— Ah ! c'est vous, mon cher, me dit-il, il y a bien long-tems que nous ne nous sommes vus.

— Alfred, vous êtes un lâche. Vous avez abandonné votre maîtresse et votre enfant ; vous m'en ferez raison.

— Je n'accepte pas votre duel, mon ami, je vous tuerais. Ne savez-vous pas que je suis sûr de mettre une balle à trente pas dans une pièce de cinq francs.

— L'épée, monsieur, l'épée ! Il me faut une satisfaction, une vengeance !

— Vous ne savez pas tenir un fleuret, et j'ai plus de six ans de salle.

— Monsieur !

—Asseyez-vous, mon ami, et veuillez m'écouter ; je veux

mériter votre estime. Vous avez été amoureux de Paquitta, et je crois que vous l'êtes encore.

Ces paroles me clouèrent sur place; je prêtai à Alfred toute mon attention.

— Je n'ai jamais ignoré votre amour pour ma maîtresse, reprit-il, mais je vous savais homme d'honneur et j'étais sûr d'elle. Je conçois votre colère, votre haine aujourd'hui contre moi, et j'avoue que j'ai eu de grands torts envers Paquitta. Je l'ai rencontrée plusieurs fois depuis mon retour d'Angleterre ; elle est toujours belle et elle fut bien malheureuse.

Je fronçai le sourcil et voulus parler.

— Ne m'interrompez pas, *je sais tout*, dit-il en appuyant sur cette dernière phrase ; et il me reste encore quelque chose à vous dire Quelques coups de bourse assez heureux ont pu rétablir ma fortune ; j'en ai assez pour bien vivre ; j'ai des plaisirs et du monde par-dessus la tête, je suis blasé sur bien des choses et je suis décidé à aller tranquillement manger mes rentes à quelques lieues de Paris.

— Eh ! que m'importe !

— Un moment encore, s'il vous plaît; je touche au point qui vous intéresse. Je connaissais, mon ami, les malheurs de Paquitta, mais j'ignorais qu'elle m'eût rendu père, je ne le sais que depuis quelques jours, et, pour réparer mon injustice envers elle, je suis résolu de l'épouser.

Je pensai m'évanouir de joie. Quoi l'épouser! l'après le début d'Alfred, je comptais bien pour la malheureuse Paquitta sur quelques billets de banque, plus ou moins, sur une pension honnête; mais sur un mariage! Impossible! Je m'étais précipité au cou d'Alfred, et je l'étouffais de mes embrassemens; enfin je le lâchai, mais pour faire mille gambades extravagantes dans son cabinet, bousculant les meubles, renversant papiers et cartons; j'étais fou! Ce ne fut qu'au bout d'un quart-d'heure qu'il parvint à me calmer

Le soir même nous nous rendîmes chez Paquitta. Alfred tint parole ; c'est un beau trait pour un *dandy*. Oui, mon bon Anatole, cette histoire est véritable. Il y a long-tems que je suis guéri radicalement de mon amour pour la belle Espagnole, mais je fonds encore en larmes au souvenir de cette sublime résolution, qu'un Dieu de miséricorde envoya tout-à-coup au cœur d'un homme froid et vaniteux. Paquitta a accepté ses offres pour son enfant, et je crois qu'elle est heureuse, car ils font, ma foi, un très-beau ménage, je vous assure. Chaque fois que je vais à Paris, je ne manque jamais d'aller les voir à leur charmante campagne. Ils n'ont qu'une fille, mais elle promet d'être aussi belle et aussi dévouée que sa mère.

Bon soir, il est minuit ! Aimez-moi comme je vous aime!

Le Landau.

Une idée bizarre, ami lecteur, m'est venue ce soir à
l'esprit. Je me figure la mine piteuse d'un pauvre auteur,
qui par besoin ou par amour de la gloire, s'est imposé la
tâche de composer et d'écrire quelque chose à son public.
Quel sujet va-t-il choisir? Tout, malheureusement pour
lui, n'a-t-il pas été dit et épuisé? L'histoire du cœur
humain? Sujet rebattu, archi-rebattu! L'amour! on en
a mis partout depuis le bouquet à Chloris jusqu'au drame
échevelé de nos jours. A moins d'avoir la fécondité de

M. Scribe pour le théâtre, de MM. Paul de Kock, de Balzac,
et *Tutti quanti* pour le roman, il faut se résigner, si l'on
veut écrire, à tomber dans les redites!.... Vous livrez
carrière à votre esprit, vous vous laissez aller aux doux
entraînemens de votre cœur, vous croyez avoir émis une
idée neuve.... Baste! vous n'êtes qu'un plagiaire, on a dit
cela avant vous! C'est désolant! mais le plus cruel de
l'aventure, c'est que ce pauvre écrivailleur aux abois, c'est
votre serviteur.

Oui, je m'étais mis ce soir à l'œuvre avec la naïve intention de vous écrire quelque chapitre intéressant sur un sujet
vierge et piquant. Mais de quoi vous parlerai-je? Faut-il me
rejeter sur la poésie légère, sur la petite littérature, sur les
histoires *très-véritables*, sur les contes romantiques, au
coin du feu, entre onze heures et minuit?.... Quel désap-
pointement! Tout a été pensé et écrit en ce genre, et moi,
chétif, je vous ai déjà naïvement conté ce que mes quelques
années de marche dans la vie m'ont offert de saillant, m'ont
apporté de pittoresque sur mon passage. Vous savez, ô lecteur, toutes mes histoires, toute mon histoire, veux-je dire,
et elle n'est-pas longue.

Eh bien! que vais-je donc vous dire pour vous amuser?
Car il faut absolument que je vous amuse. J'y tiens beaucoup! et dussions-nous y rester huit jours de suite, il faut
que mon chapitre soit fait, il faut que je vous raconte quelque chose d'extraordinaire, d'étonnant, de surprenant, de
miraculeux.... je vous renvoie à la fameuse lettre que vous
savez pour les épithètes à donner à ce que je devrais vous
raconter

Dois-je essayer le genre descriptif? Mais une plume
beaucoup plus habile que la mienne, plus exercée et bien
plus poétique ne vous a-t-elle pas fait, sous de vives et
inimitables couleurs, la description d'une vente publique,
d'une distribution de prix, d'une première communion,

d'une fête de village, d'une soirée théâtrale, d'une soirée philarmonique ou concert d'amateurs, d'un paravent.... que ne vous a-t-il pas décrit? que d'ailleurs ne vous a-t-on pas dépeint depuis M. le Soleil et Mme la Lune jusqu'aux chemins de fer et aux puces travailleuses. Ah! les puces et les chemins de fer, cela m'eut été parfaitement bien! Mais j'arrive trop tard; mon bon Jules Janin, mon brave camarade de collége, vous a déjà fait, de son style fantastique et *pailleté*, deux riches feuilletons sur les chemins de fer et les puces?

A propos de Jules Janin, vous, qui ne le connaissez que comme l'auteur de l'*âne mort* et *de la femme guillotinée*, je suis sûr que vous vous le figurez au front pâle et crispé, aux joues caves et terreuses, aux cheveux hérissés, à l'œil scrutateur, à la parole brève, âpre et terrassante... Point. Mon Jules Janin est bon jeune homme à la face réjouie, sans façon, riant avec ses amis, ne prenant point du tout des airs de docteur, allant en été détacher les ailes de pigeon aux fêtes de village des environs de Paris, tels que Montmorency, Auteuil et cœtera, aimant bon vin et fillette à la façon de Béranger, et menant joyeuse vie, en un mot, le meilleur homme qui soit sur la surface du globe et qui ait les plus mauvais yeux du monde. Figurez-vous que sa maudite vue lui attirait toujours les aventures les plus burlesques. Voici un trait entre mille : Un soir, à Paris, je le rencontre dans le passage des Panoramas, il m'ôte très-poliment son chapeau. — Tiens, lui dis-je, quelle nouveauté? — Ah! pardon, reprit-il, mon cher, je vous reconnais! c'est que j'ai la vue très-basse. Je vous dirai que tout-à-l'heure, au détour d'une rue, je viens de me cogner assez rudement contre un cheval de cabriolet de place, pacifique animal, qui attendait patiemment son maître, que je l'ai appelé brutal, ce digne cheval! mal élevé, le noble quadrupède! et que j'allais lui remettre mon adresse et lui demander un rendez-vous, quand, me trouvant nez à nez avec la pauvre bête, je me suis enfin aperçu de mon erreur.

Et nous nous prîmes à rire comme deux fous au milieu du passage.

Une histoire en rappelle une autre, comme on dit, et cela est très-heureux pour moi, qui ai la ferme intention de vous en conter une. D'un cheval je passe à une voiture. Il y a gradation dans les idées, dirait un philosophe; toujours est-il qu'il y a quelqu'analogie.

Cette voiture c'était un landau.

J'étais ce soir-là, tout seul avec Mme Florville dans le landau de son oncle. Nous revenions de l'Opéra. J'avais le bras autour de sa jolie taille; à demi-penché sur ses belles épaules, je respirais le suave parfum de sa peau et de sa douce haleine, je m'énivrais d'amour! Oh! qu'elle était belle et rieuse la jeune veuve! Mais qu'elle m'avait fait mourir d'impatience et de dépit, pendant les cinq grands actes de la *Muette*, avec ses airs de coquetterie, qui lui allaient cependant si bien !

— Anna, lui dis-je, vous avez été bien coquette ce soir.

— Que les hommes sont bizarres! s'écria-t-elle en éclatant de rire, parcequ'une pauvre femme leur a dit une fois *je vous aime*, ils prétendent qu'elle n'ait plus alors des yeux que pour eux! Ah! ça monsieur, ajouta-t-elle d'un ton grave, vous serez donc jaloux, quand je serai votre femme? M. Florville ne l'était pas, lui, je vous en avertis.

— Mais, mon ange, repris-je, comment voulez-vous que je ne frisonne pas d'épouvante de la tête aux pieds, quand je viens à surprendre vos deux beaux yeux, si expressifs, fixer de longs regards sur l'élégante personne d'un fashionable accompli, moi qui le suis si peu? Tenez, par exemple, ce soir, Saint-Edme.....

En ce moment une violente secousse nous avertit rudement que notre landau avait accroché.

-- Qu'est-ce, Germain? dis-je au cocher, qui était descendu de son siège.

— Ah! monsieur, c'est ce maudit cabriolet là-bas, il m'a cassé deux jantes à l'une de mes roues de derrière, je ne peux aller plus loin. Il faut descendre, ajouta-t-il en ouvrant la portière.

— Comme c'est commode! minuit et demi et pas un fiacre sur les boulevards! allons, madame, il faut se résigner.

— Mais, monsieur, c'est fort désagréable, je suis en souliers de satin et bien certainement je n'irai pas à pied.

— A moins que madame ne soit assez bonne pour faire de moi ce soir un nouveau *Paul*, et ne me permette de porter ma *Virginie*.

— Que vous choisissez mal votre tems pour faire de l'esprit, dit-elle avec une moue qui me donnait des envies de rire à mourir ; mais je me contins par égard pour la position grave et désespérée d'une petite maîtresse, qui est obligée de s'en retourner chez elle à pied en souliers de satin.

— Mais au moins donnez-moi donc la main pour m'aider à descendre.

Je ne me le fis pas dire deux fois.

En me retournant, j'aperçus derrière moi un homme bien mis, à petites moustaches noires, chapeau bas et dans l'attitude de quelqu'un qui a une requête à faire agréer. Une pareille rencontre et un si profond salut à une heure du matin, sur le boulevard, avaient quelque chose d'assez peu rassurant. Je pris tout d'abord le bel homme pour un honnête industriel qui exerçait son métier à la manière polie du brigand de Gilblas, et même dans le premier moment, je l'avoue, je crus voir briller un stylet dans sa main ; c'était sans doute un bouton de son habit bleu barbot, qui reflétait les rayons d'un réverbère. A tout hasard, je m'étais déjà emparé de la clef de mon appartement comme d'une arme défensive et je saisis mon homme au collet.

— De grâce, monsieur, veuillez prendre garde, mon habit *sort* des ateliers de *Staub*, un faux pli perdrait l'artiste de réputation!

— C'est monsieur le comte de Saint-Edme, dit Anna!

Elle l'avait reconnu tout de suite, la coquette! Et Saint-Edme était le dandy auquel elle avait fait ce soir-là même à l'Opéra tous les honneurs de son lorgnon.

—Madame, dit le dandy, j'ai mille pardons à vous demander et je ne sais, en vérité, comment m'excuser auprès de vous : je n'ai jamais accroché de ma vie, je vous prie de le croire ; mais ce soir il fait un peu de brouillard et je n'ai vu votre voiture qu'au moment où mon cabriolet l'a touchée. Quoique léger, il est très-solide mon cabriolet, madame, il *sort* des ateliers d'*Hubert*, aussi n'est-il pas étonnant qu'il ait résisté au choc. Mais je me suis aperçu que j'avais cassé quelque chose à votre voiture, et comme j'ai reconnu votre livrée, je me suis arrêté court à quelques pas d'ici, et je viens vous demander là grâce de vous reconduire chez vous.

John! avancez, cria-t-il à son groom.

Le fat! pensai-je. Vous n'accepterez pas, dis-je tout bas à Anna.

—Pourquoi non, dit-elle en élevant la voix? M. de Saint-Edme n'est-il pas reçu chez mon oncle?

— Ne craignez rien, reprit le dandy, je conduis très-bien, et j'ai un excellent cheval anglais, qui *sort* des écuries d'*Aron*.

— Anna, vous ne monterez pas dans cette voiture.

—Mais c'est une tyrannie! vous voyez bien qu'il n'y a aucun danger et je ne puis aller à pied.

Et elle s'était déjà jetée au fond du cabriolet. Saint-Edme tenait les rênes.

Une sueur froide se répandit à l'instant sur tous mes membres. La légèreté d'Anna me brisait le cœur, la fatuité de Saint-Edme me soulevait d'indignation ; je voulais éclater en reproches envers Mme Florville, je mourais d'envie de cracher au visage de son moderne Phaëton. Ce moment d'hésitation me perdit : le bon cheval anglais avait pris le galop, j'étendis la main comme pour retenir l'équipage, vain espoir! ils étaient déjà loin!

Demain je tuerai cette homme en duel, me dis-je! ou il aura ma vie. Mais Anna! est-ce donc là le prix de tant d'amour et de sacrifices? Moi, qui ai passé deux ans pour elle dans l'étude et dans les veilles! Moi, qui l'ai défendu de toute ma puissance et de toute ma conviction devant les tribunaux, qui ai détourné de dessus sa tête l'odieuse accusation d'avoir capté son vieil époux à son lit d· mort, qui lui ai conservé sa fortune et son honneur! Moi, qui avais confiance en sa voix, dont la douceur donnait tant de hardiesse à la mienne et soutenait seule mon éloquence, moi enfin, qui l'entourai de soins, d'amour et de respect et qui reçus son aveu, dois-je perdre en un seul jour mon illusion et mes plus chères espérances ?

Je m'assoupis dans ces amères pensées et fus fort étonné le lendemain de ne me réveiller qu'au grand jour ; j'avais très-bien dormi, je n'avais pas eu le cauchemar, seulement j'avais rêvé d'une coquette qui, dans mon songe, avait fort drôlement donné son congé à un galant assez dupe pour l'aimer sincèrement.

Je commençais à me *désillusionner !*

Cependant je me tâtai partout pour bien m'assurer que je n'étais pas malade Non! pas le plus petit symptôme nulle part. Je sonnai, mon domestique entra : — c'est une lettre de la part de Mme Forville

—Ah! donnez vite! — Je lus : « Monsieur, je pars ce matin » avec mon oncle pour la campagne, où je compte rester » quelques semaines; je crois que vous ferez bien de ne pas » m'y suivre. Nos goûts et nos caractères ne sont pas les » mêmes, je craindrais de vous rendre malheureux par les

» inégalités de mon esprit..... peut-être faut-il mieux ces-
» ser de nous voir. Mais je ne sais pas payer des services par
» de l'ingratitude, je dois reconnaître les soins que depuis
» deux ans vous donnez à mes affaires, et quant à vos hono-
» raires.... » Ah ! Madame Florville vous n'êtes pas même
digne d'un regret ! m'écriai-je en déchirant la lettre sans
chercher à en lire davantage, oh ! vous n'avez pas d'âme !
votre ingratitude ne m'arrachera pas une larme, non, pas
une larme ! vous ne la méritez pas.

Du moins il me reste ce faquin de Saint-Edme, avec lequel j'aurai la douce satisfaction de me couper la gorge.

Je courus chez Saint-Edme.

—Il est parti ce matin pour les eaux de Bagnères, me dit
son concierge.

Peste soit du fat ! Il faut maintenant que je quitte mes
affaires pour courir en poste après lui sur les routes du
Midi.

—Ah ! monsieur, monsieur, dit en accourant vers moi tout
essoufflé et en me saisissant le bras, un petit gros homme
rouge comme une pomme d'api, ah ! monsieur, l'avocat de
ma femme ne veut pas accorder de remise, il faut absolument plaider demain ; voilà le dénouement arrivé.

— J'en suis bien fâché, mon bon monsieur Godard, mais
une affaire importante m'oblige à partir à l'instant même
pour un voyage dans le Midi ; je remettrai votre cause à un
confrère.

—Vous ne partirez pas, me dit Godard en se crampon-
nant à mon bras de toutes ses forces, vous ne partirez pas.
Et ses traits altérés avaient une expression de terreur comique et indéfinissable. Oh ! non, ajouta-t-il, vous n'aban-
donnerez pas un pauvre homme qui n'a d'espoir qu'en vous,
songez donc que ma femme.....

—Allons, Godart, lachez-moi ; soit ! je plaiderai demain.
Dans quelques jours je retrouverai Saint-Edme, me dis-je à
part moi.

— Mon sauveur!.... Ce bon Godard ne put articuler que ces deux mots.

Le lendemain je plaidai de rage et j'emportai l'affaire : j'obtins pour Godard la séparation qu'il demandait.

En sortant de l'audience, j'appris que Saint-Edme n'était pas parti pour Bagnères, mais qu'il avait accompagné Anna à sa campagne. Il avait feint sans doute ce départ pour les eaux, afin d'écarter tout soupçon de mon esprit; cet homme finit par ne plus m'inspirer qu'un mépris profond !

A deux mois de là, il épousa Mme Florville. Il se vit bientôt remplacé par un autre dans ce cœur léger et inconstant, et au bout d'un an de mariage ils plaidaient en séparation ! Anna n'osa pas cette fois me choisir pour avocat !

C'est ainsi qu'un landau me sauva d'une coquette. Ah! l'excellente chose qu'un landau! Rien que par reconnaissance pour le service éminent qu'un landau m'a rendu dans ma vie, je voudrais avoir voiture !

<h1 style="text-align:center">L'histoire de tout le monde.</h1>

HECTOR, à l'époque où je vous reporte, cher lecteur, à vingt-deux ans. Bon, énergique et ardent, il sait se faire aimer par sa douce gaiété, ses bonnes manières et sa parole entraînante. Il est étudiant en droit, mais c'est l'étudiant heureux. Son père, homme aisé de la province, fournit sans parcimonie à ses besoins et à ses désirs. Vingt ans, un peu d'or à donner aux plaisirs, une âme sensible et vive et toute une existence devant soi, ô lecteur, avec tout cela qu'on est heureux !

En débarquant de sa ville natale à Paris, Hector s'était lancé à corps perdu dans les spectacles et les soirées. La grâcieuse population des grisettes si sémillantes, dont s'orne la Capitale, l'avait même arrêté quelques instans, et s'il n'avait pas dans cette compagnie joyeuse éprouvé le bonheur, il avait senti du moins le plaisir et goûté l'ivresse des voluptés vulgaires. C'était déjà beaucoup, mais cela ne suffisait pas à l'ardeur de son âme. Il lui manquait quelque chose ! Une femme, un ange descendu du ciel, une amante dévouée parce qu'elle fut plus difficile à séduire ! Et il faut toujours en revenir là : la volupté facile ne captive pas long-tems.

Hector avait abandonné et spectacles et soirées, voire même la classique partie de dominos du café *Procope*, et il se promenait seul en rêvant.

—Il faudra bien que je la rencontre, pensait-il, cette femme que je vois toutes les nuits dans mes songes !

Un soir sur le boulevard, un magasin qui venait d'être décoré à neuf, attira son attention. En vrai flâneur parisien, il se prend à contempler à travers les vitres les richesses de cet immense bazar, dont les longs comptoirs s'échelonnent de jeunes commis à la mise élégante et à l'interminable babil. Voilà que tout d'un coup, derrière un monceau d'étoffes, il découvre près de la porte une jeune personne assise toute seule dans un petit bureau à part et que de nombreux étalages lui avaient d'abord dérobée. La jeune fille travaillait sur de volumineux registres ; sa pose était des plus gràcieuses ; mais elle devait être bien en retard de ses comptes, car Hector, depuis plus d'un quart-d'heure, ne l'avait pas quittée des yeux et elle n'avait pas encore levé la tête.

— Il faut cependant que je voie sa figure, se dit-il, elle doit avoir de beaux yeux ! Et sans plus réfléchir, il donne un léger coup sur la vitre. Le verre résonne à l'oreille si petite et si blanche de la jeune personne ; elle se relève et l'heureux Hector peut voir la plus touchante et la plus belle tête de vierge qu'il ait jamais rêvée. Il reste là pétrifiée d'admiration , bien qu'il n'aperçoive plus rien , car la jeune fille a vîte repris son travail. Mais il est brusquement tiré de son extase par un choc assez violent. C'est un jeune commis, armé d'un énorme paquet , qui vient de sortir étourdiment du magasin et a manqué de le renverser.

— Ah! excusez, monsieur! je ne vous savais pas là.

— C'est moi, monsieur, qui ai des....

— Ah! du tout, du tout, c'est moi! fit le commis, et les deux jeunes gens se mettent à cheminer ensemble, comme deux amis qui se connaissent déjà depuis long-tems. Hector avait son but. Après avoir parlé d'abord de spectacles, de bals champêtres et d'autres lieux communs : — Dites-moi donc , demanda-t-il enfin en hésitant, cette demoiselle, que j'ai vue dans votre magasin , n'est-elle pas la fille du propriétaire ?

— Non, c'est la *caissière !*...

— Hume ! fit Hector. La caissière !

— C'est une vertu! Figurez-vous qu'elle ne veut pas absolument aller au bal de la Chaumière.

— A quoi donc passe-t-elle son tems le dimanche, car le magasin est fermé ce jour-là?

— Elle va chez sa tante, Mme Tassart, une petite rentière qui n'est pas artiste du tout et qui demeure au marais rue Charlot, n° **12**, au quatrième. Ah! quand elle vient au magasin, nous en rions joliment, allez! Il y a ce gros Hypolite , qui fait sa charge à s'y méprendre.. .. Ah! excusez, me voici devant la porte de ma pratique, au plaisir! J'aurai peut-être *celui* de vous rencontrer à la Chaumière.

— Sans doute! dit Hector. Mais encore un mot, je vous prie : comment se nomme-t-elle ?

— Qui?

— Cette demoiselle.... la caissière !

— Ah ! ah !.... Elle se nomme Emma. Nous l'appelons au

magasin la superbe Emma ; mais entre nous , parce que c'est la protégée du patron , et à part sa bégueulerie, elle est *bonne enfant* ; elle n'est pas assez artiste , voilà tout . Et le jeune homme disparut en ricanant très-artistement à sa manière.

— Encore une grisette , se dit Hector ; j'avais juré d'y renoncer ; n'y pensons plus. Et il ne dormit pas de toute la nuit.

Le lendemain de bonne heure , poussé par un sentiment invincible , il se rend au magasin du boulevard ; il retrouve son jeune commis de la veille et lui demande à voir quelques soieries. Tandis que le commis déploie son éloquence et ses étoffes, Hector jette à la dérobée des regards brûlans sur la charmante Emma , qui vient de se placer à son bureau ; mais ses œillades sont en pure perte , on ne le regarde pas. Il se dépite et se dépêche de faire un choix,

— Quarante francs à recevoir , s'écrie le commis.

Le cœur bat bien fort à Hector en se dirigeant vers le petit comptoir de la jolie caissière. Tandis qu'il paie et qu'elle lui fait sa facture , il arrange vite une histoire.

— Mademoiselle , lui dit-il à demi-voix et du ton poli et aisé d'un homme habitué à ces sortes d'intrigues, vous n'aimez pas le bal de la Chaumière, cela se conçoit ; mais demain à Tivoli doit avoir lieu une fête délicieuse , où s'est donné rendez-vous la bonne société de Paris. Je connais le directeur, il m'a offert des billets , permettez-moi de vous en faire l'hommage; j'irai vous prendre à cinq heures , rue Charlot, chez votre tante.

La jeune fille interdite lève sur le hardi jeune homme de grands yeux étonnés , qui semblent lui demander l'explication de ce qu'il vient de dire ; mais elle les baisse aussitôt , car ils ne peuvent soutenir l'éclat des regards amoureux d'Hector.

Tremblante et rougissante, — Je vous remercie, monsieur, dit-elle bien bas, je ne sors jamais. Voici votre facture.

La foule abondait au magasin, il fallait partir. Hector salue et se retire.

— Elle n'a pas accepté, se dit-il, c'est décidément une vertu. Mais il me reste une ressource, courons chez la tante qui n'est pas artiste.

Arrivé rue Charlot , Hector s'adresse au portier de la maison du n° 12. — Mon brave , voici vingt francs pour vous payer du petit service que je vais vous prier de me rendre.

L'honnête concierge salue profondément et se confond en politesses.

— Il loge ici au quatrième une madame Tassart? Qu'est-ce que cette dame ? que fait-elle ? d'où vient-elle ?....

— Mais , mais.... attendez donc.... je ne puis.... Et le bonhomme le regardait attentivement. — Oh ! reprit-il, vous ne pouvez pas être de la police, ça se voit sur votre figure ! Dame ! c'est que par le tems qui court....

Hector se prit à rire. — Je suis clerc de notaire, ajouta-t-il , et c'est pour une affaire d'étude.

— Ah ! c'est différent !.... Je me disais aussi , ce monsieur ne peut pas être un mouchard.

— Eh bien ! et madame Tassart ?

— C'est une bien bonne dame , allez ! tout le monde l'aime dans la maison. Elle vit d'une petite rente qu'elle a sur le grand livre.... C'est qu'elle n'était faite pour ça , voyez-vous , monsieur.

— Comment?....

— Oui ; elle est de Saint-Quentin. Son frère était un très-riche négociant de la ville, mais que des malheurs ont ruiné. Il croyait ne pas pouvoir payer ses créanciers , il s'est brûlé la cervelle et ils ont été tous payés, monsieur! Quel malheur! son fils était dans un collége à Paris , il s'est engagé et je ne sais trop où il est ; et sa fille, mademoiselle Emma, est venue demeurer avec sa tante, qui s'est trouvée réduite à sa petite pension. Il a fallu, voyez-vous, monsieur, remonter trois étages, et comme sa rente ne pouvait pas suffire pour deux, madame Tassart a été obligée de placer sa nièce chez un marchand de nouveautés. Ça la chagrine beaucoup, la pauvre chère dame, parce que son Emma ne peut sortir que tous les huit jours.

Le naïf récit du bonhomme inondait d'une douce joie le cœur d'Hector. — Ce n'est pas une grisette, se dit-il, ô mon Dieu, je te remercie !

Hector trouva bientôt un prétexte pour s'introduire chez madame Tassart. Il lui persuada qu'il avait été au collège avec le frère d'Emma ; la tante et la nièce donnèrent facilement dans le piège, et Hector obtint la permission de venir tous les dimanches. On allait ensemble au spectacle ou aux fêtes des jardins publics. Madame Tassart, toute yeux et toute oreilles, oubliait souvent les deux amans. Hector parlait tout bas à Emma de son amour.... La jeune fille l'aima et elle lui confia son honneur.... Il la séduisit !

Depuis six mois Hector était le plus heureux des hommes. Il avait obtenu qu'Emma quitterait son magasin pour être tout entière à leurs amours, il la voyait tous les jours. L'inoffensive madame Tassart permettait tout, Hector lui avait promis qu'il n'aurait jamais d'autre épouse que son Emma.

— Quelle bonne action ai-je donc faite ? se disait-il quelquefois, pour que le ciel m'envoie tant de bonheur. Et un vague sentiment de crainte s'emparait malgré lui de son cœur. Il redoutait de perdre un si grand bien.

— M'aimes-tu, demandait-il à Emma un soir qu'ils étaient de retour d'une longue promenade ? C'est que vois-tu, ce serait horrible de ne pas avoir tout ton amour, quand je t'ai donné toute mon âme !... Cette pensée me fait frémir.

Mais Emma lui sourit et le regarda comme une femme qui aime sait regarder et sourire. Hector l'embrassa avec transport.

— Tu m'aimes donc bien? Autant que moi, Emma?

La jeune fille allait répondre, lorsqu'un rude choc vient ébranler la porte. La parole expire sur ses lèvres, Hector pâlit et se sent défaillir. Madame Tassart, qui sommeillait mollement dans sa bergère, se réveille en sursaut et court en trébuchant voir ce que cela peut être.

Elle ouvre la porte. — Que voulez-vous, Monsieur ?

Sans lui répondre un seul mot, un homme revêtu d'un uniforme d'officier, tout couvert de poussière et le visage ruisselant de sueur, arrive droit dans la chambre où sont les deux amans.

— Robert !.... Mon frère, s'écria Emma en lui sautant au cou.

— Robert? oui, c'est bien lui, dit madame Tassart, je ne l'aurais pas reconnu, oh! comme il est changé depuis cinq ans. Viens que je t'embrasse, mon neveu ; et elle l'étouffait dans ses bras.

— Laissez-moi, dit Robert en se dégageant des embrassemens des deux femmes !.... c'est à monsieur que je veux parler. Il montrait du doigt Hector, qui se tenait debout, immobile et attéré.

— Mon frère! s'écria Emma en se jetant entre Robert et Hector.

— Je vous réponds de sa vie, dit Robert, mais qu'il sorte un instant, il faut absolument que je lui parle seul.

— Je vous suis, articula péniblement Hector. Et il jeta un regard douloureux sur sa maîtresse. Emma s'était couvert le visage de ses mains tremblantes et versait d'abondantes larmes. Sa tante n'y comprenait rien.

A peine sorti, Robert dit à Hector : — Monsieur, vous avez couvert d'opprobre le front d'un officier de votre pays, qui n'avait jusqu'ici jamais eu à rougir. Je devrais vous traiter d'infâme et votre sang paierait mon déshonneur. Cependant, je n'en veux pas à votre vie, parce que je vous crois plus passionné que lâche. Mais écoutez-moi, j'ai droit à une réparation, je la veux, l'honneur vous commande de ne pas me la refuser : Jurez-moi de faire ce que je vais vous ordonner.

— Monsieur, lui répondit tristement Hector, ma parole envers vous serait sacrée, je ne puis la donner sans savoir à quoi je m'engage.

— Il faut me jurer que vous ne chercherez plus jamais à revoir ma sœur.

— Robert ! vous voulez me tuer, en m'assurant que vous respecterez mes jours, arrachez-moi le cœur, mais ne plus la revoir.... jamais je ne ferai ce serment. Robert, elle sera ma femme.

— Malheureux ! j'arrive de chez ton père. Il m'a juré que jamais il ne consentirait à t'unir à une femme qui a eu la faiblesse de se laisser séduire. Qu'avais-je à répondre ? Ma sœur a sans doute encore à ses yeux le tort plus inexcusable d'être sans fortune.... Ecoute, voici mon dernier mot : Emma ne peut pas être ta femme, car je n'irai pas m'abaisser à aller mendier à ta famille une alliance et son pardon. Je ne souffrirai pas qu'elle reste ta maîtresse, j'aimerai mieux la voir morte. Choisis : ou, tu y renonceras pour toujours et je t'offre pour prix de ton sacrifice l'estime d'un homme de cœur, ou, si tu cherches à la revoir, je me déclare ton ennemi le plus acharné, je te poursuis partout d'injures et de provocations, et tu ne périras que de ma main ou tu auras le remords d'ôter la vie au frère de celle que tu dis aimer. Ma résolution est inébranlable.

— Homme impitoyable ! s'écrie Hector avec l'accent du plus violent désespoir, puisque rien ne peut te fléchir, j'accepte ta haine, parce que je ne puis vivre sans l'amour de ta sœur. Va ! nous sommes ennemis , je te la disputerai le fer à la main.

— Insensé ! qui crois que folie est de l'amour ! homme courageux pour la séduction , sans force pour l'honneur , adieu ! tu subiras, malgré toi , la loi que je veux t'imposer. A ces mots Robert s'éloigna rapidement.

Hector rentra chez lui accablé de douleur. Découragé , il se jette sur un fauteuil et il reste abimé pendant plusieurs heures dans mille pensées amères. Hélas! il perd un tems irréparable.

Tout-à-coup il sort de sa léthargie; une horrible pensée a traversé son cerveau frappé, un affreux pressentiment pèse sur sa poitrine.... Il se lève. — Le misérable ! s'écrie-t-il , il va me l'enlever ! Aussitôt il se précipite hors de sa chambre et se met à courir autant qu'il a de force et d'haleine vers la rue Charlot. Il était deux heures du matin , partout régnait un silence absolu que troublait seul le son fréquent de ses pas. Il va tourner le dernier coin de rue qu'il lui reste à franchir, encore un effort et il atteint le port....... Grand Dieu ! il n'avait que trop bien deviné la cruelle intention de Robert. Un bruit aigu de roues et de fers de chevaux se fait entendre. .. Il va perdre à jamais celle qu'il aime plus que la vie.

— Arrêtez , s'écrie-t-il d'une voix déchirante! arrêtez ! Emma , ô mon Emma....

Une voix sombre et forte répond seule à son cri de douleur : — Postillon , triple paye et ventre à terre !

La voiture est emportée avec une vitesse effrayante , les forces d'Hector sont épuisées par la course rapide qu'il vient de faire , il n'atteindra jamais l'infâme qui lui ravit tout son bonheur et toutes ses espérances... Alors , tout est fini , il faut mourir ! Son âme suit Emma et son corps tombe inanimé sur les degrés de la demeure de son amie. . . . . . .

Hector, cependant, ne mourut pas. Il a fait une maladie grave, sa convalescence fut longue, et pendant plus d'une année il n'a pu, sans être prêt à se trouver mal, entendre le bruit des roues d'une voiture. Puis, peu-à-peu il a cherché dans l'étude et le travail un refuge contre l'amertume de ses regrets. Un jour son père lui dit : Mon fils, je vous donne cent mille francs, *il faut vous établir.* Hector a acheté une étude de notaire, il entend très-bien les affaires, possède une belle clientelle et augmente chaque jour le patrimoine que son père lui a laissé. Il s'est marié à une femme riche, aimable et bien élevée, qui lui a donné deux enfans charmans : il fera de son fils un avocat et il mariera sa fille à un avoué....... Oh ! qu'il fait beau pour lui à l'horizon et que son avenir est consolant ! aussi il est heureux, oui il est heureux !.... Cependant il ne pouvait vivre sans Emma ! Il l'a cherchée longtems, mais l'inflexible Robert l'a emmenée loin de la France.

Croyez-vous, lecteur, qu'Hector la revoie quelquefois encore dans ses rêves ?..... Ah ! bien malheureux ou bien méchant celui qui ne se souvient pas !

FIN.

TABLE.

Avant-propos 5

Un Drame dans un bonnet de coton......... 7

Mon premier Bal masqué 15

Un Duel............................ 24

Une Danseuse........................ 28

Un Duel. — Anecdote bachique............ 42

Un Divorce 49

Des Tics moraux 58

Causerie intime. — A un ami............. 65

Le Landau... 73

L'Histoire de tout le monde............ .. 82

www.ingramcontent.com/pod-product-compliance
Lightning Source LLC
LaVergne TN
LVHW012217170726
843503LV00005B/2115